AF146141

Armin Sengbusch

Hinters Licht geführt

Armin Sengbusch

Hinters Licht geführt

Slam Poetry und Bühnentexte

Bibliografische Information der Deutschen Nationalbibliothek

Die Deutsche Nationalbibliothek verzeichnet diese Publikation in der Deutschen Nationalbibliografie; detaillierte bibliografische Daten sind im Internet über http://dnb.dnb.de abrufbar.

Herstellung und Verlag: BoD - Books on Demand, Norderstedt

ISBN: 9783738617016

Für all die Helden, die durchhalten, ohne zu klagen.

»Emotionaler Reichtum wird in dieser Gesellschaft vollkommen unterschätzt.«

Inhaltsverzeichnis

Bestandsaufnahme

Über den Dächern sitzen die Tauben und hören nicht zu. Auf den stadtfeinen glatt steinernen, grauen Betonfliesen wanken Männer siegessicher in die Spielhallen und Wettbüros, als hätten sie nichts zu tun und nichts zu verlieren. In einem Hinterhof weht die Flagge Dänemarks und ich sehe den bewaffneten Frontspoilern zu, wie sie die Gehsteigkanten küssen. Hier gibt es alles im Überfluss, vor allen Dingen den Überfluss. Wir brauchen mehr Arme. Nicht nur einen oder zwei, wir brauchen viele. Aber einiges ist eben zu viel und vieles ist eben zu einfach. Es geht uns zu gut, wir brauchen mehr Arme, damit sich die Welt bewegt. Einen Globus in den Arm nehmen und der kalten Kugel ins Eismeer flüstern, dass wir sie warmhalten.

Uns es aber reicht die Wärme der von Pads beseelten Kaffeemaschinen und die des 39-Zoll-Flachbildschirmfernsehers, dessen Programm sich auch nicht vom Rest Scheinwelten erhebt. Niemand erhebt sich, alles ist flach, alles ist schnell, auch die Frauen ziehen wie Ferraris vorbei und klappen ihre Augenscheinwerfer nur einmal auf, um zu blenden. Die meisten Menschen sehen nicht aus wie ein Totalschaden, aber unter dem matten Lack ist vom Hochglanz aus den Kindertagen nicht mehr viel übrig. Unfallschäden kaschiert man mit Gel und Schminke oder mit einem Lebenslauf, dem man meilenweit hinterherhinkt, da nimmt man es nicht zu genau. Es bleibt die Hoffnung, an einen guten Besitzer in zweiter Hand zu geraten. Das Altöl wird entsorgt, die Kratzer der Seele poliert und die

Beulen am Herzen mit dem Gummihammer des Therapeuten beseitigt.

Da draußen wanken die dickbäuchigen Damen durch das Leben und lassen beim Betreten des warmen Cafés von freundlichen Männern öffnen, während das Leben weiter wächst. Überall im Latte-Macchiato-Land schwirren die freundlichen Servicekräfte herum, die zuvorkommend schnell gehen. Es riecht nach Karamell und Schweiß, dazwischen immer der Hauch eins teuren Parfüms mit der persönlichen Note, die niemand riecht. An den Ecktischen sitzen Männer, die ihren Schal nie abnehmen und deren Bärte gepflegter aussehen als ihre Zähne, aber wer sieht schon nach drinnen. Sie benutzen ihre angebissenen Rechner einhändig, wissen, dass sie beobachtet werden und genießen es. Irgendjemand ist wichtig und telefoniert halblaut, spricht von Deadlines und vom Pitchen, nichts, was wirklich Sinn ergibt, aber der Gesichtsausdruck hat Charisma. Vor der Tür steht ein Bärtiger, der einen Coffee-To-Go-Becher in der Hand hält, und jemand lässt eine Münze hineinfallen. Die Grenzen verschwimmen.

Die freien Bürger bestimmen, wo es lang geht, sie haben die Macht, andere und sich gehen zu lassen. Aber niemand kehrt zurück, jeder kehrt den anderen den Rücken zu und blickt dahin, wo das Unheil nicht hinkommt, wo das Licht ist, weil es dort sicher ist. Weil einigen Menschen angeblich die Sonne aus dem Arsch scheint, kriechen andere dort hinein. Aber wer ständig fremde Ärsche küsst, der kann irgendwann keine Gesichter mehr erkennen. Die Welt steckt unter einer Decke, aber jeder hat seinen eigenen Zipfel, an dem er zieht und zupft und alles kommt immer zu kurz. Dann packen wir die Koffer, vergessen, was dort hinein gehört und machen uns auf Weg. Es geht darum, im eigenen Tempo alles zu erreichen und als Erster dort zu sein, wo andere schon sind. Insbesondere an roten Ampeln.

Das Zauberwort der noch jungen Generation ist »gelangweilt«. So sieht sie aus, so verhält sie sich. Enthusiasmus gibt es nur unter Drogen; Zigaretten und Alkohol gehören nicht dazu, daran stirbt man nicht. Man stirbt an Einsamkeit, an Langeweile und am Abwinken. Und auf den Plakaten werben die Modelle der Menschheit mit offenen Mündern für Frisuren und Produkte, die Individualismus versprechen. Deshalb laufen sie nun alle mit offenen Mündern herum, weil das sexy sein könnte und sie kaufen alle die individuellen Produkte für ihre individuellen Uniformen und wissen alles besser, was nichts Neues ist, denn das machen alle heranwachsenden Generationen.

Der Zauberwort der älteren Generation ist »erhoben«, so wie der Zeigefinger und der Stand der Dinge und das Podest, auf dem sie stehen. Wobei sie wissen, dass sie genauso waren, wie die jungen Leute. Nur anders. Aber das will niemand wissen. Damals war alles anders, es war nicht besser, es war immer schwieriger und schlimmer. »Wir hatten ja nüscht anderes!« Die ältere Generation lebt in einer Vergangenheit, vor die sie andere bewahren will, vergisst aber, in die Gegenwart zu reisen. Und natürlich wissen die Älteren alles besser, denn sie haben ja die Erfahrungen des Lebens gesammelt und sie haben keine Zukunft mehr zu verlieren. Deswegen können sie alles ganz anders betrachten und besser wissen. Das ist nichts Neues, denn jeder weiß etwas besser, aber nichts ändert sich.

Über den Dächern sitzen wir und zählen die Tauben, die Blinden und die Stummen, zu denen wir selbst nicht gehören wollen. Wir brauchen mehr Arme, mehr, denen es schlecht geht und die ihre Arme heben gegen die Ungerechtigkeit. Wir gehören nicht dazu, wir haben unsere Armut verkauft an irgendetwas, dass uns satt und dick macht und im Alter weiterhelfen soll. Wir sind die Tauben und hören nicht zu und wir gehören nicht dazu. Wir schütteln gern den Kopf und sagen, dass wir ganz anders sind und mit »Wir« ist immer jemand anderes gemeint. Denn Pauschalisieren, das kann man nicht, wir sind Individuen, wir machen alles selbst und allein und einzigartig. Wir sind siegessicher.

Dunkles Geständnis

Ich bin entsetzlich zerbrechlich, verlässlich verletzlich, weil meine Emotionen wie Obdachlose im Freien wohnen und ebenso schutzlos wie schmucklos sind. Ich bin kein offenes Buch, ich bin eher der letzte Versuch, der permanent scheitert: an sich selbst und am Leben. Kein Jammern, kein Klagen, nur eine Bestandsaufnahme, die mit ICD-Codes gesichert ist, wobei ich keine Ahnung habe, ob jemand weiß, was das ist oder was sich hinter dem Wort »Dysthymie« verbirgt. Ich lebe unterm Strich, weil meine Stimmung permanent depressiv ist und meine Gedanken sich in der Dunkelheit verstecken, wo ich sowohl meine Wunden lecke als auch neue Krankheiten aushecke. Ich fühle mich einsam, wenn sich Menschen um mich herum unterhalten, kann nicht daran teilhaben, weil in meinem Kopf die Synapsen falsch schalten und ich wirres Zeug rede, um die Stille zu bewegen. Ich fühle mich allein, wenn ich zu zweit bin, ich kann nicht sein, wenn ich allein bin, ich bin von den meisten Menschen meilenweit entfernt, selbst wenn ich sie kennenlerne.

Es geht nicht um Mitleid, sondern um Aufmerksamkeit für eine Krankheit, die ebenso heimtückisch wie unsichtbar ist, es ist mein dunkles Geständnis und die Bitte für Verständnis und Akzeptanz eines Leidens, das vielen Menschen nicht nachvollziehbare Schmerzen bereitet. Mancher wird nun sagen: »Ach, hör doch auf, jeder hat mal schlechte Tage.« Ja, das stimmt, jedem geht es mal schlecht. Aber was ist, wenn das Schlechte nicht mehr endet, wenn sich der Weg deines Tunnel ins

Dunkel, statt ins Licht wendet? Was ist, wenn dich jeder Schritt mehr als das kostet, was du verdienst und du verdienst das alles doch gar nicht, denn dein Schrittfeld ist vermint. Es ist schwierig zu erklären, wie sich das anfühlt, wenn jeder Gedanke ein Kreislauf ist, der nirgendwo lang führt.

Wer sehen kann, wird kaum verstehen, wie sich ein Blinder fühlt, wer vom Aufstehen spricht, ist niemand, der mit dem Rollstuhl fährt, wer die Stimme erhebt, hat mit ihr schon immer gelebt und wer in der Sonne steht, weiß nicht, wie es mir in den Schatten geht. Bevor ich einem geistig gesunden Menschen eine Depression glaubhaft machen kann, ist es einfacher, ihn davon zu überzeugen, Gott sei am Leben und ein alter, weiser Mann.

Ich habe mir nicht ausgesucht, so einen Kopf zu haben, ich bin nicht stolz darauf, er wurde mir genetisch übertragen, und den Feinschliff hat man mir in einer Kindheit anerzogen, die nicht grausam war, aber verlogen.

Ich sei, so sagte mir mal jemand, kein typisch Depressiver, und jetzt frage ich mich immer intensiver, was das eigentlich ist. Typisch depressiv. Wer ist denn da der Prototyp? Die Emos, die sich in die Haut ritzen? Gothics mit dunklen Sehschlitzen? Jemand wie Robert Enke, Robin Williams oder du oder du? Oder die Frau an der Kasse, deren Lächeln schön, aber nicht echt ist? Es ist keine Krankheit, die zwischen arm und reich unterscheidet, vielleicht eher die Intelligenten trifft und die Dummen meidet, man sieht sie niemandem an.

Depressionen sind kein Luxusproblem, sie sind eine ernst zu nehmende Krankheit, die man nur von innen besiegt, wenn man dabei Hilfe von außen kriegt.

Ich reiße mich zusammen, lasse mich nicht gehen, weil ich zu mir zurückfinden möchte, wenn ich mich nach mir sehne und weil das Leben eben immer weiter geht und ich auch möchte, dass das weiterhin mit mir geschieht. Deswegen gehe ich nur selten aus mir heraus, weil ich fürchte, dass ich mich dort draußen verlauf'. Ich bemühe mich, unterzutauchen in den Menschen, nicht aufzufallen und dabei zu sein, auch wenn es mir nur selten gelingt. Denn ich stelle dann immer wieder fest, dass ich entsetzlich zerbrechlich bin, mich das kleinste Detail bereits zerfetzt, als wäre ich ein Blatt im Wind. Aber ich habe gelernt, damit zu leben, wieder aufzustehen und selbst in der Finsternis etwas Licht zu sehen.

Wen das alles nicht interessiert, dem kann ich verraten, dass das auf Gegenseitigkeit beruht.Allen anderen macht dieses Geständnis vielleicht etwas Mut. Denn schließlich kann die Dunkelheit jeden treffen und mit ihrer Macht umspülen. Und dann ist es gut, wenn ein paar mehr Menschen wissen, wie man sich in solchen Momenten fühlt.

Wir wussten es vorher

Genau genommen wusstest du es vorher. Ich auch.
Deswegen sitzen wir jetzt ja auch hier und schweigen,
weil es genau genommen gar nichts mehr zu sagen gibt.
Es ist eine diese widerwärtig zerfahrenen Situationen,
die in Filmen schon qualvoll sind, weil jeder denkt:
»Mensch, nun macht doch mal irgendwas, das Leben
geht doch weiter.« Aber wir machen nichts, das Leben
geht auch nicht weiter. Nicht hier zumindest, während
wir hier sitzen und jeder sein eigenes Loch in den Boden
stiert, in das er sich irgendwann stürzen will.

Wo ist der Gewinner, frage ich mich, wer von uns
beiden wird weniger leiden und früher wieder aufstehen,
dem anderen auf die Schulter klopfen und sagen, dass
doch alles gut sei? Ich bin immer fest davon überzeugt,
dass ich es bin, das muss ich sein, ich bin ein depressiver
Optimist. Eine ungewöhnliche Mischung, natürlich, aber
deswegen klappt es auch nicht mit mir. Und mit anderen.
Und mit den Verbindungen dazwischen. Ich weiß, dass
nichts gut und glücklich endet, aber ich hoffe, dass ich
mich irre. Depressiver Optimismus. Deswegen war mir
vorher klar, dass das mit uns nichts wird. Und ich frage
mich, wie es bei dir ist.

Genau genommen kenne ich dich nach all den Tagen
des Zusammenlebens viel zu wenig, um mir bei dir in
irgendeiner Form sicher zu sein. Deine gute Laune, die
war prägend, ja, sie war allgegenwärtig, ebenso wie
deine Naivität. Ich mochte und mag das alles, weiß es
für mich fremd und zugleich wundervoll war und ist. Ich

mochte jeden Quadratmillimeter deiner Äußerungen über Politik, die doch mit dem Thema nie etwas zu tun hatten, wohl aber mit den Menschen. Ich mochte die Unterschiede und ich war mir sicher, dass sie uns entzweien würden, wenn die Reibung nicht mehr genug Feuer produzieren konnte. Was ich an dir nicht mochte, kann ich nicht sagen. Vielleicht, weil du mich nie wirklich interessiert hast, sondern nur die Ablenkung, die du botest.

Ablenkung. Ich soll dich nur benutzt haben. Das denke ich? Ein unschöner Gedankengang, ich verwerfe ihn nicht weit genug, treffe Sekunden später wieder auf ihn. Genau genommen bin ich an allem Schuld, aber das kannst du nicht wissen. Ich wusste es vorher, deswegen sitzen wir hier und schweigen. Ich, weil ich mich schütze, du, weil du gar nicht weißt, was hier los ist. Genau genommen hattest du nie einen Schimmer von dem, wer und was ich bin, aber du fandest mich geheimnisvoll und das hat dir gereicht. Und dir gefiel, was ich machte und mache, weil es dir fremd und zugleich wundervoll erschien.

So hat jeder seine Visionen von etwas gehabt, das es niemals gab, aber hätte geben können. Genau genommen kann unter diesen Voraussetzungen jeder Traum Wirklichkeit werden. Mein Traum von Ruhe und Frieden erfüllt sich zum Beispiel in diesen Minuten, in denen wir hier schweigen und auf das Mitleid des anderen warten oder darauf hoffen, dass es vielleicht nicht so schlimm ist, wie wir dachten. Genau genommen machen wir gar nichts und wundern uns, dass nichts passiert. Und wir tun es seit Tagen, weil es ganz normal ist, wenn es so ist und weil Gewohnheit genau das Nest ist, das wir wollten. Nur eben ganz anders, als es jetzt der Fall ist. Genau genommen wissen wir das, aber wer will schon wissen, was wir tun könnten, wenn wir Löcher haben, in die wir uns stürzen können.

Ich werde dir den Vortritt lassen, ich habe keine Lust, zu gehen, während das Leben stillsteht. Irgendwann wirst du wissen, worum es hier geht, es mir erklären und sagen, ich solle mal darüber nachdenken. Genau genommen mache ich das gerade und bin dir zumindest in diesem Punkt voraus, aber wen interessiert das schon. Nicht mal uns beide.

Gewalt

Ich unterstütze keine Gewalt, ich verachte sie.
Trotzdem ist sie in mir zu Hause, sie ist allgegenwärtig,
sie wird genährt von denen, die sich in Sicherheit
wiegen. Sie begegnen mir täglich, Männer mit Gel in
den Haaren und Frauen an ihrer Seite, die schon immer
etwas Besseres waren. Glatte Gesichter mit bösen
Gedanken, die sich um nichts anderes als um Zahlen
ranken und darum, wie sie die Welt zu ihren Gunsten
drehen, damit sie gut leben und andere dabei
untergehen. Typen in offenen Autos als Mitglieder
geschlossener Gesellschaften, Frauen wie
Wichsvorlagen ohne Auslagen und Aussagen, aber mit
dem Lover im Wandschrank mit dem Gatten unterwegs
nach Monaco. Die Dramen des Hedgefonds sind für
Menschen wie mich unvorstellbar und wen interessiert
schon der Klimawandel, wenn der Cayenne gerade in
die Werkstatt muss?

Meine Schuld ist es nicht, wenn Karossen brennen, ich
unterstütze keine Gewalt. Oder vielleicht doch. Ich mag
es, wenn Schädel brechen, die mir nicht gehören. Ich
mag es, wenn Existenzen wie Öltanker untergehen, ich
mag es, wenn Menschen auf das Niveau der
Gewöhnlichkeit herabsinken, auf dem sie sich schon
immer befunden haben. Aber Geld spricht fließend
französisch, hat gute Manieren und heuchelt Bildung.
Wer mit offenem Mund Kaugummi kaut, kann kein guter
Mensch sein! Wer mit Regenschirmen Fotografen
verprügelt, kann kein guter Mensch sein! Wer Steuern
hinterzieht, kann kein guter Mensch sein! Wer zu schnell

Auto fährt, kann kein guter Mensch sein! Wer in seinem Elfenbeinturm sitzt und lächelt und spendet und winkt, der wird fallen. Durch Gewalt oder durch ein Fenster oder durch Ungerechtigkeit, denn das Leben ist immer ungerecht und es trifft immer die Falschen.

Irgendwann knien die Beckmanns, Kerners, die C-Promis und die Politiker, die Fußballspieler und die Investmentbanker in einer Reihe und warten auf das fallende Beil der Guillotine. Nein, Gewalt unterstütze ich nicht, aber es wird sie irgendwann treffen, die Manager, die Abfindungsgeier und die, die es vom Geldwäscher zum Millionär geschafft haben, die, die mehr bekommen als sie verdienen und die anderen. Die anderen. Keiner weiß, wer das ist, aber sie sind überall, sie begegnen uns täglich auf den Straßen, in den Supermärkten und wir sehen sie im Fernsehen. Alles nur Menschen mit Hüllen, die verwundbar sind. Dumm, wenn man das vergisst.

Ich unterstütze keine Gewalt, aber sie geht von mir aus. Vom Volk. Wir sind nur zu dumm, um uns dessen bewusst zu sein. Wir lassen uns von gewaltigen Bildschirmen in den U-Bahn-Stationen vom Denken abhalten, wir verfolgen stattdessen Videogedanken auf allen Kanälen, wir benutzen den Zeigefinger, um den Daumen zu heben und wir wählen nicht mehr, weil wir glauben, dass wir nicht glauben und weil wir keine Wahl haben. Wir sind gewalttätig gegen uns selbst, wenn wir behaupten, das sei eben so; wir vergewaltigen uns selbst, wenn wir damit argumentieren, wir könnten nichts ausrichten. Wir könnten, wenn wir wollten, aber wir verstecken uns hinter Sonnenbrillen, die größer als unser Ego sind und hoffen darauf, dass wir uns irgendwie durchmogeln können.

Schlimm, wenn es die anderen trifft, da bewerfen wir uns schnell selbst mit kaltem Wasser und spenden unsere Gedanken irgendwo hin. Missgunst gegenüber denen, die nicht betroffen sind. Wir sind kein Wir mehr, wir sind ein Haufen Individualisten mit individuellen Shampoos und Parfüms mit persönlicher Note. Doch die Düfte der Douglas-Damen durchdringen das Denken nicht. Wir sind zu Einzelkämpfern und Bruttosozialproduktdronen herangewachsen, weil wir tatsächlich der Meinung sind, dass das die Lösung sei. Gewalt ist auch keine Lösung, aber sie wird kommen, wenn wir tatenlos bleiben. Ich unterstütze keine Gewalt, ich befürworte sie. Meine Gewalt sind Worte. Unsere Gewalt könnte die Einheit sein, etwas friedlich zu bewegen.

Keine Ahnung

Als ich meiner Mutter erzählte, dass ich einen Text über Sex schreiben müsse, wiegte sie bedächtig den Kopf. »Schwieriges Thema«, meinte meine Erzeugerin, »warum schreibst du nicht über etwas, von dem du Ahnung hast?« Sie muss es wissen, schließlich haben sich zahlreiche Ex-Freundinnen bei ihr ausgeweint, nachdem sie sich von mir sexuell nicht missbraucht fühlten. Bislang gab es keinen Grund, mir deswegen Sorgen zu machen, doch dann kam diese Sache mit Chris.

Es ist ja nicht so, dass ich zum Sex nicht in der Lage bin, nein, es ist nur so, dass ich mich nicht darauf konzentrieren kann. Mir kommen gedanklich immer andere Dinge dazwischen. Des ist im Grunde genommen wie Fußball, es ist eine Kopfsache. Und wenn alles stimmt, dann macht man ihn auch rein.

Aber.

Ich bin ja auch kein Fußballer geworden.

Mit besagter Chris oder besser: Christina lag ich bereits nackt im Bett und wir vergruben die Körper ineinander, sichtlich und spürbar bereit, etwas tiefer in die Materie der Paarbildung einzusteigen. Ob es am Frühling oder an der Bettwäsche lag, das weiß ich bis heute nicht; aber sie zwar wohl Allergikerin und röchelte ein wenig. Ein feines, rasselndes Röcheln, das mich nur an eine Sache erinnerte.

Darth Vader.

Wie demotivierend der geistige Anblick von einem filmischen Schurken mit einer Maske sein kein, will ich an dieser Stelle nicht zu bildhaft beschreiben, in jedem Fall neigte sich meine Erektionskurve nach unten. Chris fragte mich Sekundenbruchteile später: »Ist alles in Ordnung?«

Es ist niemals alles in Ordnung, aber dennoch nickte ich. Dabei versuchte ich Darth Vader aus meinem Kopf zu schütteln und ihm an anderes Zuhause zukommen zu lassen. Chris röchelte jedoch weiterhin beim Atmen und als eine Art Gegenmaßnahme, begann nun auch ich laut zu atmen und zu röcheln, in der Hoffnung, dass ich sie irgendwie übertönen könne.

So atmeten wir uns in eine Form der Ekstase und vor meinem geistigen Auge sah ich nun zweimal Darth Vader.

Sie machte dieses Röcheln sicher nicht absichtlich, das war mir klar. Deshalb versuchte ich krampfhaft an etwas anderen zu denken, während sie nun an mir an mir herumfummelte, als gäbe es dafür eine Kilometerpauschale.

Und so dachte ich umgehend an die Steuererklärung, die ich immer noch nicht abgegeben hatte, an den Sachbearbeiter mit den fettigen Haaren und an die rutschigen Böden im Finanzamt. An die junge Frau, die damals in dem voll besetzten Flur ausgerutscht war und verzweifelte nach Halt suchte, was eine Kettenreaktion hervorrief und am Ende fast 30 Menschen in dem endlosen Flur zu Boden fielen. Und sie alle röchelten damals.

Ich musste unwillkürlich kichern.

»Kitzle ich dich?«, fragte Chris.

»Nicht direkt«, antwortete ich und überlegte, ob ich ihr nun irgendetwas von dem Gedankengang sagen sollte. Ehrlichkeit, das war das Zauberwort, aber sie hat neben Darth Vader einfach keinen Platz.

Denk an etwas anderes, dachte ich, denk an irgendetwas anderes. Aber während sich Chris röchelnd an mir zu schaffen machen, um mir in irgendeiner Form jetzt endlich etwas Erregung in den Körper zu reiben, hörte ich plötzlich die Musik aus Star Wars. Kontrabass und Cello brummten in meinem Inneren …

Ich nickte im Takt.

Auch Chris nickte im Takt, aber sie wusste nicht warum.

Von Erektion konnte in diesem Moment niemand reden. Zumindest nicht bei mir. Die Spannungskurve verlief bei Chris und mir jedoch umgekehrt proportional: Mit jedem Gedanken, der mich vom Sex entfernte, badete Chris etwas mehr in mir. Überall waren ihre Hände und ich wusste beinahe gar nicht mehr, wo mir der Kopf stand. Immerhin dachte ich nun tatsächlich an etwas anderes: Wie zur Hölle schaffte sie es, mit ihren Händen überall …

Moment.

Beim Fluch der Karibik gab es doch diesen Piratenkapitän, diesen Davy Jones. Den mit dem Kraken im Gesicht. Diesem ekligen, glibbrigen Kraken im Gesicht.

Mit Tentakeln …

Es gibt keine negative Erektion.

Aber ich hatte sie.

Auch Chris bemerkte den Systemausfall. »Macht dich das alles gar nicht?«, raunte sie mir ins Ohr.

Macht, dachte ich, unterschätze niemals die dunkle Seite der Macht! Darth Vader röchelte also weiter und griff mir zwischen die Beine. Ich musste an die Folterszenen in den Filmen denken, was mir jetzt immerhin das Bild der appetitlichen Prinzessin Leia in die Gedanken spielte. Das war ja die mit der Kopfhörerfrisur.Genaugenommen war die auch gar nicht hübsch, die war ja die Schwester von diesem hässlichen Luke Skywalker, der dieses fiese Grübchen im Kinn hatte. Kirk Douglas hatte ein noch viel tieferes Grübchen, daraus hätte man Wodka trinken können. Der Röttgen hat auch so ein hässliches Kinn und bei seiner Politik hat der bestimmt auch Alkoholprobleme.

Mein Gott, jetzt denke ich schon an den Röttgen beim Sex.

Chris hielt plötzlich inne. »Was?«

Ich hatte meinen letzten Satz gar nicht gedacht und musste nun schnell eine Korrektur nachschieben: »Ich habe gesagt: Mein Gott, ich liebe dein Röcheln beim Sex!«

Ruhe, dann ging das Röcheln weiter.

Wenn schon Filme in meinem Kopf laufen, dann doch etwas mit Liebe, mit Leidenschaft, etwas mit

Sinnlichkeit und großen Emotionen. Ich überlegte, welchen Film ich in Hinsicht dieser Kriterien zuletzt gesehen hatte und landete schließlich bei »Brokeback Mountain.« Dann fiel mir schließlich auch noch ein, dass Heath Ledger nun auch schon tot war. Der musste mittlerweile so aussehen wie Darth Vader unter seiner Maske.

So röchelte der dunkle Lord also weiter und Chris meinte es sicher auch nur gut, als sie sich langsam mit ihrem Kopf nach unten schob. Ich dachte nur noch: Mensch, pass mit dieser Maske auf, sonst klemmst du mir da irgendwas ein.

Ich griff nach ihrem Kopf und zog sie panisch nach oben. Sie riss sich gewaltsam los, brach mir dabei fast das Handgelenk und schrie mich an: »Hättest du mir ja gleich sagen können, dass du nicht auf Frauen stehst!«

Das einzige, das mir jetzt einfiel, war: »Neiiin! Du bist nicht mein Vater!«

Spätestens seit dem Gespräch mit Chris weiß meine Mutter also definitiv, dass ich vom Sex keine Ahnung habe.

Er und ich

Wenn er so neben mir liegt, dann wundere ich mich jedes Mal. Über viele Dinge. Immer wieder über die Länge seiner Wimpern und die geschwungenen Lippen, das Kinn mit dem Grübchen und die Hände, die immer in Bewegung sind, selbst wenn er schläft. Ich sehe seinem Brustkorb zu, wie er sich hebt und senkt und denke mir, dass das wohl Liebe sein muss. Wer hätte schon gedacht, dass ich irgendwann mit einem jungen Mann im Bett liege und nachts wach bleibe, um ihn zu bewundern? Ich habe auf die Richtige gewartet und sie irgendwann gefunden, aber ich liege jetzt immer häufiger neben einem jungen Mann im Bett.

Ich versuche mich daran zu erinnern, wie das alles begann, und stelle mit Entsetzen fest, dass ich gar nicht alles in meinem Kopf festhalten konnte, was ich wollte. Sein erstes Lächeln in meine Richtung, die ersten Gespräche, die ersten Berührungen, aber nichts konkretes. Doch dann fällt mir sein Haaransatz im Nacken ein, er war das Erste, das mir an ihm auffiel. Alles andere kam später. Der Haaransatz im Nacken. Es gibt vermutlich spannendere, persönliche Merkmale, aber dieses Bild bekomme ich nicht mehr aus dem Kopf.

Ich hatte ihn damals falsch eingeschätzt, auch wenn ich damit richtig lag, dass er ähnlich zerbrechlich wie ich ist. Dafür ist sein Wille stärker, als ich angenommen hatte; er findet beharrlich und mit so vielen Argumenten einen Weg für seine Ziele, dass es mich immer wieder überrascht. Gesagt habe ich ihm das nie, weil er dann nicht zuhört. Alles, was ihm schmeicheln könnte, übergeht er. Oder er überhört es. So wie viele andere auch. Eine Liebeserklärung wie diese, verflüchtigt einfach so im Raum. So wie der Qualm der ausgeblasenen Kerzen, den er so sehr mag.

Irgendwann werde ich auch in dieser Nacht einschlafen und nur Sekunden, nachdem ich meine Augen geschlossen habe, wird er wach werden. So ist es immer. So ist es schon seit Jahren. Dann weckt er mich aus banalen Gründen und ich werde morgens übermüdet und gereizt sein, aber ich bin es gern, weil Liebe all das aufwiegt. Ob nun für eine Frau oder für einen Mann, das ist letztlich egal, Liebe ist das, was wirklich zählt. Ich bin mir sicher, dass er das weiß, aber er spricht nicht darüber. Seine Themen sind andere, von denen ich längst nicht immer alles begreife, was er sagt.

Ich streiche ihm sanft über den Nasenrücken, über die Haare, die viel weicher sind als die der Kuscheltiere. Sein Mund ist leicht geöffnet und ich rieche an der Luft, die herausströmt. Es duftet immer noch ein wenig nach Elfenatem, aber nicht mehr ganz so wie früher. Es ist jetzt schon zweieinhalb Jahre her, seit alles begann. Die Dinge verändern sich, obwohl ich mir sicher bin, dass ich ihn immer lieben werde. Von Mann zu Mann, von Vater zu Sohn.

Depressiver Optimismus

Wir sind eine hoffnungslose Gesellschaft, immer auf Abwegen, nicht um Ausreden verlegen und wir befinden uns auf dem absteigenden Ast, den wir auch noch selbst absägen. Wir sind gut darin, resignierend abzuwinken, möchten, dass sich etwas ändert, uns aber auf keinen Fall selbst einbringen. Ich sehe die Dinge so, denn ich bin ein depressiver Optimist: Ich weiß, dass alles böse endet, aber ich hoffe, dass es anders wird.

Es sind dieselben Predigten, die wir täglich herunterbeten und schon selbst daran glauben, es gäbe nichts mehr, was sich ändern ließe in dem Verlies, das wir uns bauen ließen. Verließe ich mich auf das, bräuchte ich mehr Nazi-Gas, um all die kranken Gedanken wankend zum Konzentrieren in ein Lager zu schicken, damit sie sich selbst ficken, auf dass der Stärkste überlebt. Schließlich sind die Großen zu mächtig, die Kleinen zu schmächtig, die Dummen längst trächtig, die Dicken entkräftet, die Kinder zu dick und übernächtigt, die Schwulen geächtet, die Spinner belächelt, die Schlauen verängstigt – wie soll denn da etwas entstehen, damit mal ein anderer Wind weht?

Hier ist das Darmwindland, in dem die Menschen Reißaus nehmen, weil es überall stinkt, aber niemand daran Schuld ist, sondern man immer nur den Nachbarn ansieht. Wir sind die totgeborene Revolution, wir haben die Guillotine im Kopf, wir haben eine neue, individuelle Body Lotion und die Fünf-Minuten-Terrine im Ikea-Topf. Wir meinen es nicht so ernst, wir sagen alles mit einem Augenzwinkern, damit es niemanden schmerzt, aber wir wollen ernst genommen werden. Wir wollen ohnehin mal genommen werden. Vielleicht nicht von hinten, aber aus dem Regal, in das wir uns gestellt haben, wo wir uns auf Hochglanz poliert, frisch frisiert und rasiert, selbst drapiert haben und erst einmal einfach nur gut aussehen und unsere Auslagen zwingend zur Geltung bringen. Denn der erste Eindruck ist oft der Letzte. Und dann ärgern wir uns, dass man uns auf die Titten starrt. Oder auf die Socke in der Hose. Kein Wunder, dass man uns nach Äußerlichkeiten beurteilt, denn das ist es, woran wir täglich feilen. Wo ist die Creme, die Seelenrisse heilt, wo ist die Schminke, die Altlasten farblos abdeckt, wo ist das Dragee, das jeden Zweifel zerfetzt. Wo ist die Säge, die überflüssige Eigenschaften abtrennt? Wo ist die Pille Danach, die dafür sorgt, dass uns die Zukunft lautlos küsst und uns der One-Night-Stand klaglos vergisst? Wir vergessen uns jeden Tag selbst, erinnern uns dafür aber an so schwachsinnige Dinge wie die Geburtstagsrede von Tante Hiltrud. Aber wir wissen nicht, wer eigentlich Geburtstag hatte. Wo ist denn dieses Rennie, das den Kopf aufräumt? Und wenn Lachen gesund ist, warum sind U-Bahnen dann immer Trauerzüge?

Wir sind eine traurige Gesellschaft, wir sind die schlechte Gesellschaft, in die wir nie geraten wollten. All der Alltag, all der Mist, den wir so sehr hassen, soll zumindest mal für ein paar Stunden verblassen, in denen wir uns einfach nur amüsieren. So wie jeden Tag, an dem wir uns zerstreuen wie Brotkrumen und überall Spuren hinterlassen, die niemanden satt machen und schon gar nicht dafür sorgen, dass wir zurückfinden zu dem, was wir mal sein wollten.

»Unsere Träume, die bewahren wir uns!« Das haben schon Generationen von Generation postuliert – und sind an der Gegenwart und an ihrer Bequemlichkeit krepiert. Sie holen uns ein, die Wirklichkeit, die Ratenzahlungen und das Raten von Lottozahlen und der Verlust von Werten und eben jenen Träumen, die platzen – wie gutgemeint in Mikrowellen platzierte Katzen. Wir haben die Hoffnung verloren und behaupten noch immer, sie stürbe zuletzt, dabei ist sie längst tot und wir tun immer noch so, wären wir vom Leben und der Zuversicht durchsetzt. Wir fliegen überall hin, um die Welt zu entdecken und um Wärme zu tanken. Wenn die Sonne denn mal scheint, denn mit dem Klimawandel lässt sich prima handeln: Wir kaufen mehr Schirme für Sommer und Winter, damit wir nicht nass werden, aber im Regen stehen wir trotzdem, während wir blass sterben.

Wir sind eine verrückte Gesellschaft, wir verrücken Grenzen und üben uns in Toleranz, um wiederum andere auszugrenzen, die noch nicht so weit sind, wie wir uns zu glauben wähnen. Da verbiegen wir Regeln und Gesetze nach unserem Gutdünken, so wie es am besten passt: Einer hinterzieht Steuern, der nächste mordet und wieder einer fährt einfach zu schnell. Es ist alles subjektiv, wir sind ein Heer von Individuen mit eigenen, kreativen Produkten, die sich an unsere Problemzonen anpassen und dabei ganz speziell duften – bei jedem anders und niemals gleich, weil wir Menschen sind und glauben, was uns die Werbung verspricht. Wir wollen einzigartig sein, sie versprechen uns, dass wir es sind und wir vergessen dabei, dass wir nur zusammen wirklich glücklich sind. Ein Heer von Singles auf der Suche nach anderen Einzellern, ein Heer von Einhörnern, vom Aussterben bedroht und zu schön, um sich mit sich selbst zu vereinen.

Und, komm, los! Sag es! »Immer das Wir: Guck dich doch mal selbst an!«
Das mache ich jeden Tag, was nicht bedeutet, dass ich mich mag, sondern permanent hinterfrage, was ich so mit mir trage. Und ich bin zu meinem Entsetzen genau die Gesellschaft, die ich nie wollte, ich bin ein Teil dessen, was ich verändern sollte. Dafür ist es gut, den Blick auf sich selbst zu richten und sich selbst zu richten, ohne alles zu vernichten. Was dann noch übrig bleibt, ist vielleicht genau der Teil, der zu einer neuen Gesellschaft reicht, die über jeden Zweifel erhaben ist.

Man wird ja noch träumen dürfen, denn ich bin ein depressiver Optimist.

Wir könnten groß gewesen sein wollen

In den unbeleuchteten Hauseingängen unserer Seele stehen wir und knutschen hemmungslos mit den verpassten Gelegenheiten herum. Und aus Rücksicht auf die Gegenwart tun wir es heimlich, denn im Haus unseres Kopfes warten die Vernunft und die guten Gründe auf uns. Wir haben ein schlechtes Gewissen, denn wir sind spät dran. Viel zu spät, wir sind immer zu spät, aber es ist niemals unsere Schuld. Wir sollten rechtzeitig zu Hause sein, aber wer lässt sich schon gern bevormunden. Wir haben doch alle unseren eigenen Kopf. Schon immer gehabt. Schon immer gehabt. Wir waren auch damals nicht anders. Damals, als die Liebe frei und die Zukunft weit war. Damals, als wir träumten und jede gute Gelegenheit wie eine Hure bereitlag. Es ist immer alles dasselbe, es war schon immer so, die Menschen kommen und gehen, es bleiben nur die guten Absichten der Kultur zurück und zurück bleibt die Kultur und auch wir. So stehen wir in den unbeleuchteten Hauseingängen unserer Seele und schwören der Vergangenheit ewige Treue. Ewigkeit, bis wir wieder zu Hause sind. Das ist das Schöne an uns Menschen, wir sind unverbesserlich, denn wir sind dumm und vergesslich. Deswegen gibt es immer Liebe, deswegen gibt es immer Kriege.

Die vergangenen Gedanken in den unbeleuchteten Hauseingängen unserer Seele flüstern leise, dass sie Lust haben auf eine gemeinsame Reise. Wenn nicht jetzt, wann denn dann, fragen sie uns und wir haben keine Antwort parat. Deshalb vertrösten wir sie auf später. Wir haben noch so viel vor und so viel Zeit. Und doch haben wir es immer eilig, sind immer schlecht gelaunt, sind immer unterwegs, ohne irgendwo anzukommen. Vielleicht ist das wie ein Märchen der Brüder Grimm und wir stecken mittendrin zwischen dem Hin und Her und hin und weg und dann springen Frösche aus Wanduhren, lassen sich Bärte wachsen und tragen Brillen wie Eulen, während Mutter und Vater über die Brotkrumen-Kinder heulen, die sie der Tagesmutter in den Ofen und den Rachen stopfen.

Doch die Eltern zu Hause sind immer alleinerziehend, es gibt keine großen Familien mehr wie die Montagues und Capolets, sie leben geschieden oder getrennt oder als »Patchwork«, weil sich »Flickwerk« viel schlimmer anhört und das alles niemanden interessiert. Shakespeare hätte heute ein anderes Drama geschrieben – mit Til Schweiger in der Hauptrolle, einem glücklichen Ende und einem verkrüppelten Stofftier als Titel. Das wollen wir alle sehen, wir wollen, dass es gut ausgeht. In der Vergangenheit war alles gut, die Gegenwart ist ganz anders und furchtbar, aber die Zukunft wird besser. Das versprechen wir uns und der Vergangenheit im Hauseingang unserer Seele und verpassen die Möglichkeiten, die uns zaghaft an der Schulter berühren.

Niemand will das alles hören, niemand will das lesen, niemand will das wissen. Entweder sind wir jung und glauben noch daran, dass wir aus unseren Träumen Schlösser bauen können oder wir stehen in den planlosen Ruinen unserer Zukunft der Gegenwart, und haben kein Interesse an der Wahrheit. Deswegen drücken wir uns in die unbeleuchteten Hauseingänge und sind in Gedanken noch das, was wir immer sein wollten, sind in Gedanken dort noch da, wohin wir immer wollten. Wir halten die Vergangenheit im Arm. Wie ein kleines Kind, das es zu beschützen gilt, aber längst gestorben ist; wie ein kostbarer Schatz, dessen Preis wir in D-Mark messen, weil wir keinen Cent mehr haben.

Und so gehen alle Menschen immer auf den gewohnten Pfaden, verkriechen sich in den unbeleuchteten Hauseingängen, die sie seit ihren Kindheitstagen kennen, und bewegen sich nicht weiter. Warum auch, Bewegung ist total außer Mode, wir machen es uns leicht, wir üben den Stillstand, um Energie zu sparen, um uns darüber zu beklagen, dass wir nichts erreicht haben. Wir wollten immer Zeichner, Musiker oder Schriftsteller werden, aber irgendetwas kam immer dazwischen. Entweder die Eltern, die Angst oder die Leasingraten. Wir entscheiden uns für ein Wachkoma und bekommen an einem Schreibtisch sitzend Frührente von einem Arbeitgeber, den wir nicht mögen, um eine Familie zu ernähren, die wir nicht lieben oder um allein in einer Wohnung zu sitzen, die wir nicht ausfüllen. Und in den unbeleuchteten Hauseingängen unserer Seele schweigen die verpassten Gelegenheiten mit geschlossenen Augen zu uns herüber, dass es niemals zu spät ist.

Und wir bemerken es nicht. Wir merken ohnehin nichts mehr, wir kriegen nichts und nichts mehr mit und verhalten uns so, wie es die Hollywood-Filmstars vormachen, weil wir glauben, dann endlich etwas auszusagen. »Das Leben ist einfach: Du triffst Entscheidungen und blickst nicht zurück« - und das stammt aus »The Fast and the Furious: Tokyo

Drift«.Wir schaffen es, den Abend mit Filmzitaten zu füllen und bleiben leer, wir schreiben »Carpe Diem« in die Poesie Hefte unserer Freunde, wir bewundern die Menschen, die auf YouTube anderen Menschen helfen und könnten das auch. Wir könnten alles. Wir könnten auch groß gewesen sein wollen und wir wollten es mal werden. Popstar, Filmstar, Diktator, aber jetzt geschiedener Familienvater voller Sorgen ohne Sorgerecht. Wir würden es niemals zugeben, dass fast alles schief gelaufen ist. Schließlich stehen wir selbst immer noch in den unbeleuchteten Ecken unserer Seele und machen uns Versprechungen, die wir gar nicht zu halten gedenken. Und am Ende bereuen wir nicht das, was wir taten, sondern all die Möglichkeiten, die wir verstreichen ließen und die immer noch in den dunklen Hauseingängen hoffnungsvoll auf uns warten, weil sie an unsere Fähigkeiten glauben. Im Gegensatz zu dir und mir.

Nimm Französisch

Mit elf Jahren ist noch niemand in der Lage, weitreichende Entscheidungen zu treffen. So entpuppte sich die im Zeltlager aufgetane »Liebe meines Lebens« als kurze Episode, die am Strand von Scharbeutz vor meinem Kussmund davon lief. Es sollte nicht die einzige Frau bleiben, die vor mir floh.

Mit elf Jahren sollte ich mich wichtigeren Dingen zuwenden, da in der Schule die Wahl zur zweiten Fremdsprache anstand. Von den drei Möglichkeiten Russisch, Latein und Französisch erschien mir das Erschließen des Ostblocks am Vernünftigsten. Schließlich war der kalte Krieg zu Beginn der 80er Jahre im vollen Gange, schließlich hatte die UDSSR gerade die Olympischen Spiele in Moskau ohne Westbeteiligung abgehalten und ich war mir sicher, eher den Ivan als die Franzosen vor meiner Haustür zu finden, die Lateiner kamen für so einen Feldzug gar nicht infrage. Im Grunde genommen also eine vernünftige Entscheidung, aber ich hatte leider nicht das letzte Wort.

Meine Eltern intervenierten heftig gegen den slawischen Zweig der Sprachwelt und plädierten für etwas Vernünftiges, etwas, was ich auch im späteren Leben wirklich anwenden könne. Und so formulierte mein Vater den fatalen Satz: »Nimm Latein, dann kannst du später alle anderen Sprachen ...« Bezeichnenderweise ließ er das Ende des Satzes offen. Es hätte also heißen können »alle anderen Sprachen … sprechen«, was mir am Liebsten war.

Zumal ich auch noch einen Vortrag zu hören bekam über den Ursprung der Worte und den Einfluss des römischen Reiches auf die europäischen Sprachwurzeln. Demnach stammte also alles vom Lateinischen ab, und wenn ich diese Sprache beherrschte, dann lag mir Europa, ja, die ganze Welt zu Füßen. Alle Sprachen! Das waren mehr als 7000 Kommunikationsformen! Eine Sprache lernen und alle kennen, der Traum eines faulen Schülers drohte nun also wahr zu werden. Ich sah mich schon als multifunktionellen Simultandolmetscher bei den Vereinten Nationen sitzen, mich mit dem deutschen Außenminister Hans-Dietrich Genscher nach Indien fliegen oder nach Japan, vielleicht auch an die Elfenbeinküste und überall würde mir Latein weiterhelfen. Ich vervollständigte den Satz meines Vaters im Geiste noch einmal in »dann kannst du alle anderen Sprachen … sofort verstehen«, was die Möglichkeiten im späteren Leben ins Unvorstellbare wachsen ließ.

Zum ersten Mal stutzig wurde ich jedoch, als zu Beginn des Schuljahres die Ziele der Klassenfahrten bekannt gegeben wurden. Aus unerfindlichen Gründen hatte ich Latein erst am Mittwoch, die anderen Fremdsprachenklassen starteten bereits am Dienstag – und so erfuhr ich, dass die Franzosen nach Paris fuhren, wohin auch sonst. Die Russen reisten immerhin nach Kiew, bis nach Moskau reichten die Zuschüsse damals nicht. Dennoch keimte schon etwas Neid in auf. Aber ich hatte einen Tag lang Zeit, mir auszumalen und zu recherchieren, wohin wir denn fahren könnten. Vielleicht nach Pisa oder nach Genua, wenngleich mein Vater eindeutig auf Rom setzte und meine Hoffnungen deutlich nach oben schraubte. Um es kurz zu machen: Wir fuhren nach Trier. Nach Trier! Wir blieben in Deutschland und besuchten die älteste Stadt der Nation, weil sie vor 2000 Jahren mal von den Römern erwähnt wurde. Nach Italien zu fahren hätte auch gar keinen Sinn ergeben, schließlich sprach dort niemand Latein, wie ich von meinem Lehrer erfuhr.

Aber Italienisch baue auf Latein auf, sagte mein Vater mir sofort. Es bestand also noch Hoffnung für die Tochter des Eiscafé-Besitzers und mich. Und ich formulierte den Satz noch einmal um in »dann kannst du alle anderen Sprachen … ganz schnell lernen.« Außerdem korrigierte ich die Zahl der erlernbaren Sprachen etwas nach unten und schränkte sie auf den europäischen Raum und die Grenzen des römischen Reiches ein. Das waren zwar nur noch 150 Sprachen, aber damit hatte ich die Russen und Franzosen auf jeden Fall im Sack.

Fortan paukte ich Deklinationen und Konjugationen, lernte ganz neue Fälle kennen und hassen: Der Ablativus Locavitus war mein Feind an allen Ecken und Enden, dicht gefolgt vom Werkzeug der Folter, dem Ablativus Instrumentalis sowie dem Ablativus Limitationis, weil er mir immer beschränkt erschien. Im Unterricht sprachen wir dabei kein Wort Latein, niemand sprach mehr Latein, seit Ungarn 1867 es Amtssprache abgesetzt hatte. Latein war nur die Grundlage, Latein war die Butter, alle anderen Sprachen waren die Petersilie oder die Wurst oder der Käse. Wir übersetzten also die uralten Schriften ins Deutsche, während in den Parallelklassen die Russen mittlerweile Wodka tranken und die Franzosen schon küssen konnten. Bei uns fürchtete sich hingegen Marcus mit »c« vor einer Schlange und seine Schwester erklärte ihm, dass diese nicht giftig sei.

Spätestens jetzt sah ich die Vereinten Nationen in weite Ferne rücken und reduzierte den Passus »alle anderen Sprachen« auf fünf, weil das meine Glückszahl war und ich immer noch darauf hoffte, alles würde gut ausgehen.

Der Garaus kam, als ich 14 Jahr alt war und mich am Mittelmeer befand. Nicht in Italien, sondern in Frankreich. Ich verstand kein Wort, konnte auch mit meinem Latein kein Land mehr erobern und zu guter Letzt ließ mich ein Mädchen am Strand einfach stehen, weil ich in meiner Hilflosigkeit und um sie bei Laune zu halten, Passagen aus »De Bello Gallico« rezitierte. Latein ist nicht die Mutter aller Sprachen, Latein ist die böse Heimleiterin, die einem erklärt, dass das alles seinen Sinn habe, den man später irgendwann begreifen werde. An genau jenem Ort, irgendwo in der Nähe von Marseille, erkannte ich die wahre Bedeutung des Satzes, mit dem mein Vater mich zu dieser Sprach gezwungen hatte: »Nimm Latein, dann kannst du alle anderen Sprachen ... vergessen.«

Aufwachen

Ich träume schlecht. Ich schlafe auch schlecht. Beides muss irgendwie zusammenhängen. So wie Twix und Raider oder Euro und Schuldenfalle. Gestern hatte ich wieder so einen beknackten Traum: Ich war Angela Merkel und todunglücklich. Immerhin hatte sich nach dem Aufwachen die Optik eingerenkt. Nicht, dass ich etwas gegen Politiker habe, nein, ich kenne keinen von ihnen persönlich und weiß nur das, was sie in die Mikrofone sprechen. So wie Frank Walter Steinmeier. Als Opel gerettet werden sollte und man ihn vor dem Werk fragte, ob denn seine Staatskarossen in Zukunft von Opel gebaut werden würden, antwortete er im Originalton: »Ich kann ihnen versichern, dass meine nächsten Limousinen gepanzert sein werden.« Und dann schritt er von dannen.

Der Fußballspieler Eric Cantona hat nach einem Tritt gegen einen Zuschauer ähnlich reagiert. Als er bei der Pressekonferenz auf die Kung Fu-Attacke und eventuelle Reue angesprochen wurde, erklärte er: »When the seagulls follow the trawler, it's because they think sardines will be thrown into the sea. Thank you very much. (Wenn die Möwen dem Kutter folgen, dann liegt es daran, dass sie denken, Sardinen würden ins Meer geworfen. Ich danke ihnen.)« Und dann schritt er von dannen. Im Gegensatz zu Herr Steinmeier kann Eric Cantona wenigsten poetisch wertvoll gar nichts sagen. Daran sollten sich die Volksvertreter ein Beispiel nehmen. Wie wäre es statt mit »Wir müssen eine gemeinsame Lösung finden« also mit etwas Lyrischem

wie: »Dort draußen warten Wolken darauf, gezählt zu werden, weil jetzt die Schafe schlafen wollen.«
Oder ein »Bei meinem jetzigen Kenntnisstand habe ich keinen Fehler gemacht« wird dann zu einem »Mein Mülleimer wird immer zu einem Freund, weil ich Füße aus Stahl habe und man keinen Stein über das Knie brechen sollte.«

Aber, liebe Freunde der Pädiatrie, die Wirklichkeit sieht ja ganz anders aus. Nie sind mir auf meinen langen Reisen Kumpels vom Bergbau begegnet, die sich einmal im Jahr getroffen haben, um darüber abzustimmen, wie viel Geld sie in Zukunft mehr verdienen wollen. Kein Arbeitgeber macht das mit, das funktioniert nur im Bundestag. Auch wenn viele Politiker sich so anhören, als hätten sie eine Staublunge, so sind sie vom Volk doch so weit entfernt wie der Germanistikstudent von einer sicheren Zukunft und einer Frau, die daran glaubt, er könne sie irgendwann mal ernähren. Politiker sind die einzigen Menschen, die sich und ihre Familie von einer Diät ernähren können. Und wenn mal etwas schief läuft? Niemand fällt so oft auf die Füße wie Manager und Politiker, schon gar nicht in Personalunion. Hartmut Mehdorn sollte deshalb auf jeden Fall in die Politik gehen: Wenn Deutschland schon dem Untergang geweiht ist, dann auch richtig und mit Stil. Nicht so ein plumper Kram wie damals Hitler es geplant hatte, was soll das Gezuppel mit anderen Rassen? Wenn schon Genozid, dann auch richtig: Halbfertige Flughäfen und ICEs ohne Klimaanlage, so rotten wir das Volk schon aus, sodass am Ende nur noch die überleben, die mit ihren SUVs Büffelsicher durch die Großstädte reisen können. Da bekommt der Satz »Ich sehe tote Menschen« eine ganz andere Bedeutung.

Natürlich sind wir an diesem Dilemma alle selbst schuld, meine Damen und xy-Chromosomen-Links-Träger, wir sind ja die Wähler, wir bestimmen. Auch wenn wir das SO gar nicht wollten. Ich kann die Nichtwähler ja verstehen. Ehrlich. Wenn ich im Restaurant ein paar Teller mit verschieden-farbigen Exkrementen vorgesetzt bekomme, dann sage ich ja auch nicht: »Och, das Grüne sieht am Angenehmsten aus, das nehme ich.« NEIN! An dieser Stelle wird jeder zum Nichtwähler. Wir wählen ja nicht mehr das, was uns zusagt, sondern das kleinste Übel. Und das ist immer noch Scheiße.

Und wenn man sich als Nichtwähler outet, dann kommen sie immer alle mit der Hitler-Keule: »Du musst wählen gehen, sonst gewinnen die Rechten!« Freunde der karibischen Analkunde, die Dramen der Menschheit wiederholen sich immer wieder, sonst gäbe es heute keinen Krieg und keinen Hunger. Der Mensch ist nicht lernfähig, er ist dumm, dick und Facebook. Für die vielen, die erst bei diesem Wort aufgewacht sind. Willkommen in diesem Land, willkommen hier, wo Träume immer grausam enden.

Politik wird nicht von denen gemacht, die sie machen, sondern von denen, die sie nicht machen. Politik ist einfach, wenn man weiß, dass es nur über das Geld funktioniert. Aber Politik zu machen, ist eben auch unbequem, dazu müssten wir alle mal aufstehen und aus dem ADAC austreten, die Tankstellen von Shell boykottieren oder auf McDonalds konsequent verzichten, den Stromanbieter wechseln und

… und ...

… und ...

… und ...

… und seien wir doch mal ehrlich. Da schlafen wir doch lieber schlecht neben einem Atomkraftwerk, als gar keinen Strom zu haben. Und letztlich sind die Probleme eines Fußball-Bundesligisten immer noch gravierender, als ein Klimawandel oder weltweites Ernährungsproblem. Und das, ich muss es gestehen, ist auch so einer meiner beknackten Träume: Wir stellen fest, das wir den ganzen Individualismus, den uns die Werbung suggeriert, in die Tonne treten können, weil wir nur als Einheit stark sind. Die Frisur von Ghandi habe ich schon, ich brauche nur noch ein Volk und dann stellen wir uns vor den Reichstag und erklären der Kanzlerin, warum wir lieber eine echte Olivia Jones als eines billige Kopie als Kanzlerin haben wollen.

Und natürlich ist das Leben ein Fluss, deshalb habe ich mir ein Auto gekauft und fahre zum Mond.

Aufwachen!

Feuer

Irgendetwas brennt ja immer in dir: Manchmal die Liebe, machmal die Lust, manchmal die Wut oder das schlechte Gewissen oder manchmal eine zündende Idee. Und das geht vielen so, denn da draußen brennen Autos – und ein Stück deiner Träume. Schließlich ist es dein Ferrari. Den du gern hättest. Den du dir aber nicht leisten kannst, obwohl sich ja Leistung wieder lohnen soll. Aber wenn du am Monatsende mal auf dein Geld guckst, da ist da kein Konto. Und da helfen dir auch nicht die vollmundigen Versprechen der Bank, die da zum Beispiel laute, »Bei uns können Sie sich auch bis ins hohe Alter mit nur wenig Geld verarschen lassen.« Jetzt bist du abgebrannt, ausgebrannt, streust die Asche deines Versagens in die Augen der anderen und hoffst, dass keiner dein Blendwerk erkennt. Denn irgendwie bist Du auch wie ein Formel-1-Fahrer der planlos im Kreis fährt oder eben wie Hartmut Mehdorn: Du fährst immer alles an die Wand und am Ende überlebst du es doch, siehst aber scheiße aus. Aber du bist ja auch ein Fan von Darth Vader und der hatte auch eine Maske und wenn du nur schnell genug die Treppe nach oben läufst, dann atmest du genau wie er. Meistens fällst du aber schon vor dem ersten Absatz so böse auf die Fresse, dass du dir genau die Zähne ausschlägst, mit denen du dich den Rest deines Lebens durchbeißen wolltest.

Was ist mit dem Feuer geschehen, was ist mit dir geschehen, was geschieht hier überhaupt? Du hast keine Ahnung, aber du weißt es sicher und du weißt es besser. Natürlich ist es gut, sich korrekt zu ernähren, aber doch nicht jetzt. Hier. Bei McDonalds. Es wird gegessen, was auf den Tisch kommt und gesunde Ernährung geht überhaupt nur zu Hause. Und da schmierst du dir dann den veganen Aufstrich aufs Brot, der nach Leberwurst schmeckt. Insgeheim hoffst du, dass sie endlich mal ein Steak erfinden, das nach Brokkoli schmeckt oder umgekehrt. Das wäre es doch. Oder Pizza aus dem Steinofen, die nach verbrannten Italienern duftet. Frisch gerösteter Kaffee von fair verprügelten Kolumbianern gesammelt und nach Hoeneß-Art gehandelt: schuldig, aber mit gutem Gewissen.

Dir ist das alles vollkommen egal. Du bist satt, so satt und fett und dick, was ja an sich gar nicht schlimm ist. Übergewicht ist in Deutschland ganz normal, denn es gibt ja nur zwei Gründe, um dick zu sein: Entweder es geht uns gut oder wir haben was mit der Schilddrüse, beides muss man doch zeigen dürfen. Und wer fett ist, der verbrennt auch mehr. Das ist doch toll! Und du stehst zu deinen Pfunden, ein Mann ohne Bauch ist ein Krüppel und Frauen brauchen Kurven. Es gibt aber einen Unterschied zwischen Bäuchen, Rundungen und Planeten. Du bist so fett, dass du eine eigene Anziehungskraft entwickelt hast, du scheinst das Pech magisch anzuziehen. »Ich kann essen was ich will, aber ich werde nicht dünner!« Andere Menschen können lesen, was sie wollen, aber sie werden nicht dümmer. Vermutlich haben sie deswegen damals die Bücher verbrannt, niemand war dabei, keiner will es gewesen sein.

Heute verbrennen sie deine Gedanken, deine Wünsche, deine Träume und stopfen sie in etwas, das sich

Medienlandschaft nennt. Brot und Spiele für das Volk. Dein Verstand erstickt in irgendetwas zwischen Senseo, Teleshopping, Geländewagen, Facebook und Montagsmüdigkeit. Und du stehst auf dem Schlauch, stehst immer irgendwo rum und stehst vor dem Kühlregal im Supermarkt deines Vertrauens, in dem du täglich Treuepunkte sammelst, ohne sie irgendwann mal einzulösen, weil du deine Frau mit der Kassiererin betrügst. Du stehst also vor dem Kühlregal und entdeckst die neue Pizza mit Keks-Geschmack und suchst nach dem »Gefällt mir«-Button. Aber dann stellst du fest, dass keinem deiner Freunde das gefällt und gehst weiter.

Irgendwo muss doch noch Glut sein, ein Funken, eine Zündschnur. Vielleicht eine Suppe. Etwas Warmes braucht der Mensch, aber da ist nichts. Dein bester Döner der Stadt, »bisschen scharf«, brennt auch nicht mehr, es geht dir gut genug, um zu überleben und dich nicht zu beklagen, es geht dir gut genug, damit du nicht frierst. Es ist nur hier und da ein wenig klamm: Dein Konto, deine Kleidung und dann ist da auch noch Helms Klamm, aber das gehört zu Herr der Ringe und nicht in dein Leben.

Aber das waren noch Zeiten, da gab es einen Schicksalsberg mit genug Feuer, um Gollum und den Ring zu verbrennen, da gab es Helden und Menschen mit Visionen und fußlahme Zwerge – alles Menschen mit Migrationshintergrund. Und dann fällt dir auf, dass Darth Vader ja auch nur ein verbrannter Anakin Skywalker ist. Das steht alles in deinem DVD-Regal: Star Wars, Herr der Ringe und dieser Film über die Neandertaler: Am Anfang war das Feuer. Künstlerisch sehr wertvoller Film: Hohles Gegrunze und wilder, animalischer Sex – seitdem hat sich hier nicht viel geändert. Du drehst die Heizung auf Fünf und hoffst, dass du so wieder auf Touren kommst, dass sich ein Funke entfacht. Irgendetwas brennt ja immer: Manchmal die Liebe, manchmal die Wut und manchmal auch nur der Rücken vom Sitzen an der warmen Heizung, während andere Menschen draußen frieren. Aber das, das ist wirklich nicht dein Problem. Du suchst gerade nach Feuer für die nächste Kippe.

Und ursprünglich sollte dieser Text mit einer zündenden Pointe enden, mit einem flammenden Plädoyer für etwas Ethisch-Moralisches. Aber das fällt aus, denn: Mir ist kalt.

Fußball geht immer

Wie man es auch macht, es ist immer anstrengend. Aber. So direkt hinterher, also nach dem Akt, da bin ich immer etwas aufgedreht. Während andere Männer müde werden und sich auf die Seite rollen, da fühle ich neue Kräfte, da bin ich ganz tief in mir und strotze vor Ideen. So war es auch früher schon nach dem Fußball, da war ich auch immer aufgedreht, während der Rest der Mannschaft einfach nur platt war, eine Zigarette qualmte oder zum Bier griff. Beim Sex ist das nicht anders: Meine Mitspielerinnen greifen zur Zigarette, ich bin gut drauf und will noch was machen. Jetzt nicht direkt gleich wieder Fußball oder Sex, aber vielleicht noch Gitarre spielen. Oder eine Geschichte schreiben. Ein paar Minuten schlafen. Ja, ich würde in solchen Momenten sogar auf die Frage antworten, was ich gerade denke, aber dafür sind die Frauen dann immer zu müde.

Natürlich stößt meine Form der Energie nicht immer auf Gegenliebe, denn einige Frauen wollen nach dem Akt erst einmal Körperkontakt. Kuscheln. Warme Worte. Ein gebrummtes »Mmmmm«. Harmonie. Gefühle. Dabei hatten wir das doch gerade alles. Jetzt also noch mal, nur ohne Penetration? Das ist so, als ob 22 Spieler auf dem Fußballfeld stehen, aber kein Ball da ist. Dafür schaltet niemand ein.

Einfach nur Kuscheln – wohin soll das führen? Ich reiße mir minutenlang den Arsch auf, ich schieße sogar das Siegtor und dann noch eine Verlängerung? Nee, Freunde des Karma Sutra und der Bundesliga, so nicht.

Ich habe auch noch andere Dinge zu tun, diese Überstunden machen mich kirre. Sehe ich aus wie der Fahrer von Bofrost?

Neuerdings fahre ich am besten damit, die Orgasmen vorzutäuschen, denn dann bin ich wirklich müde. So etwas strengt viel mehr an, als der tatsächliche Akt. Allerdings ist auch diese Methode in der Fachwelt nicht ganz unumstritten. So stellte mich meine AAG nach vollzogenem Liebesspiel harsch zur Rede. Wer jetzt nicht weiß, wer oder was AAG ist: Es ist die AbendsAbschnittsGefährtin. Ich spreche in meinem Fall nicht vom Leben, zumal die Halbwertzeit von Beziehungen in der Regel einen Werbeblock selten überdauert.

Die AAG stellt mich also zur Rede, als ich mich gekonnt seitlich abrolle und in gespielter Ermattung in den Laken bade. Ich simuliere dabei noch eine hastige Atmung, die ein wenig an ein kraftzehrendes Pokalspiel erinnert, in dem ich 110 Prozent gegeben habe. Keine Ahnung, wie das geht, aber das sagen die hinterher immer in den Interviews. »Wir waren bei 110 Prozent, jeder hat mehr als alles gegeben.« Nach dem Sex werde ich selten interviewt, aber ich würde etwas Ähnliches sagen. Manchmal gebe ich sogar mehr als 110 Prozent.

»War's das schon?«, fragt sie schmallippig und linst zu mir herüber.

Ich täusche Atemnot vor, verdrehe postkoital die Augen und keuche: »Huuu … War es schön für dich?« Das ist im Übrigen die einzige Frage, die man als Mann noch stellen darf, um eine Leistungsbewertung abzurufen.

Heute wird ja alles beurteilt und niemand will auf Triple D herabgestuft werden, schon gar nicht beim Sex. Während Frauen hingegen auf Doppel-D bestehen, auch wenn A drin ist. Die Welt ist schon verrückt.

Die AAG ist ob meiner Offensive überrascht: »Äh, schön ist etwas anderes«, stammelt sie. Und dann blickt sie mich verwirrt an. »Bist du denn schon gekommen?«

Das war klar. Viele Menschen und Fußballer gucken auf die Fehler der Mitspieler und verlieren sich selbst aus den Augen. Und ich stelle fest, dass, wenn ich mal eine Metapher habe, sie auch immer passt. Ich bin der Metapher-Man, ich kann alles bildlich machen, ohne dass es die anderen verstehen.

»Tja, das ist euer Problem beim Sex«, sage ich mit plötzlich ruhiger Stimme: »Ihr denkt an den anderen, nicht an euch selbst.«

Ungeachtet meiner weisen Worte fragt sie mich unbeirrt ein zweites Mal: »Bist du gekommen?«

»Ich bin nicht taub«, sage ich, »zumal du ja auch erst jetzt laut wirst.« Ich lasse dem Satz Zeit, damit er bei ihr ankommt, zumal ja auch sonst noch nichts bei ihr angekommen ist. Ich nutze die Uhr, um im Kopf meine Gedanken zu formulieren:

Es ist das Kollektiv, das zählt. Sie ist kein Teamspieler, sie ist eher der Cristiano Ronaldo, ich eher so ein Typ Walter Frosch. Also ohne Bart und Zigaretten. Und ich lebe noch. Aber ich opfere mich für die Mannschaft, sie denkt nur an den Erfolg. Das muss ich ihr jetzt diplomatisch beibringen. Mit einem kurzen Satz: »Ich denke, du bist zu egoistisch für Sex.«

»Boah! Um mich geht es doch gar nicht«, herrscht sie mich an. »Wenn du keine Lust auf Sex hast, dann kannst du das doch sagen.«

»Ich hatte doch Lust auf Sex!«

»Aber du bist nicht gekommen!«

»Und woher willst du wissen?«

Sie schiebt sich verlegen auf den Laken hin und her. »Das spürt man doch.«

»Ich hab' aufgehört, weil du bist ja auch nicht gekommen bist«, murmle ich verschämt und versuche damit die Wogen wieder etwas zu glätten. Keiner ist gekommen, also eher ein Null-Null der ärmeren Sorte. Elfmeterschießen passt in die Metapher nicht mehr rein, aber alles andere schon: Wir einigen uns quasi auf ein Unentschieden und vereinbaren ein Wiederholungsspiel. Eine faire Lösung.

»Ich hatte ja auch keine Zeit zu kommen«, schießt sie gereizt heraus. »Du warst so schnell und alles war vorbei, noch ehe der Startschuss kam.«

»Anpfiff«, murmle ich, »es heißt Anpfiff.«

»Bitte?«, fragt sie angewidert. Dabei sieht sie so aus wie Uli Hoeneß, bei dem gerade die Steuerfahndung zu Besuch ist.

Verdammt. Das kommt dabei raus, wenn man Gedanken und Realität trennen will. Jetzt die Kurve kriegen, das ist wie ein gutes Dribbling inklusive

Hackentrick. Fußball geht immer. »Kein Grund, mich so anzupfeifen, das meinte ich«, versuche ich die Situation zu retten.

»Ich sollte dich auspfeifen«, keift sie, »das war unterirdisch. Nach gefühlten sieben Sekunden ist alles vorbei, das Vorspiel war ja länger.«

»Wir hatten kein Vorspiel«, brumme ich und stelle fest, dass mir meine Metapher aus dem Ruder läuft. Alles wegen EINEM Hooligan. Eine Hooliganess. Die wirft eine Blendgranate nach der anderen. Scheiß Pyrotechnik! Verrückte gibt es überall. Fehlt nur noch, dass sie jetzt eine Schlägerei anzettelt. Ich denke darüber nach, ihr Stadionverbot zu erteilen, als sie aufspringt und nach ihrer Kleidung sucht. Ich überlege, sie aufzuhalten, aber auf Trikottausch habe ich jetzt echt keinen Bock. Die Jerseys von Verlierern sind uninteressant. Wobei ich mir gar nicht sicher bin, wer hier verloren hat. Ich habe durch ein Phantomtor einen zweifelhaften Sieg errungen. Es ist eben immer anstrengend, zumal ich jetzt auch noch die Hand heben muss, um ihr beim Abschied zuzuwinken, erspare mir aber den hämischen Schlachtgesang »Auf Wiedersehen!«

»Es war ein dreckiger Sieg, aber nicht unverdient«, werde ich später im Interview mit mir selbst sagen, wenn ich mal wieder allein bin und das Ganze zu einer Geschichte forme. Allein, ohne einen nörgelnden Gegner im Bett, der das gemeinsam Auslaufen einfordert und vom Fußball und vom Sex keine Ahnung hat.

Zerbrechlich

»Es ist anstrengend, so zerbrechlich zu sein, nicht wahr?«, sagte das Glas und prostete mir zu. Ich nickte, wartete darauf, dass es sich setzte, nahm dann ebenfalls Platz und bemühte mich um ein Lächeln. »Es kann ja nicht immer alles gelingen«, murmelte es aufmunternd, ehe es sich neigte und Flüssigkeit vergoss.

Ich wusste nicht, ob ich ihm recht geben oder eine Diskussion starten sollte. »Du hast es zumindest leichter als ich«, sagte ich schließlich, »bei dir ist alles klar, du weißt genau, wenn du leer bist oder wenn irgendetwas nicht stimmt.« Ich griff nach ihm und nippte an der Flüssigkeit. »Und vermutlich weißt du auch immer, was in dir ist.«

Sie sah mich durch sich hindurch an, ich glaubte, aufwärtsgerichtete Mundwinkel zu erkennen, aber es hätte auch alles andere als ein Gesicht sein können, was ich sah. »Hast du schon mal jemanden getötet?«, fragte sie leise.

Es schien mir, als ob ihre Worte Wellen schlügen. Für einen Moment hielt ich inne, suchte in mir nach vergessenen Bildern und einem Ort, an dem ich mich wohlfühlte. Ich spürte gleichzeitig, wie sich mein Nacken verspannte und ich das Gefühl hatte, jemand stünde hinter mir, bereit, eine Klaviersaite um meinen Hals zu legen. »Ich denke nicht«, sagte ich fast tonlos. »Zumindest nicht mit Absicht oder ohne einen Grund. Es ist wohl immer eine Frage der Definition.«

Er neigte sich langsam in meine Richtung; ich nahm es als Zustimmung auf. »Weißt du«, begann er dann, »weißt du, ich wurde oft benutzt, ich habe die Dinge geschehen lassen, ohne mich zu widersetzen. Das ist vermutlich mein größter Fehler, aber darin sind wir uns wohl ähnlich. Wir sind Werkzeuge in den Händen von anderen, entscheiden selbst, aber handeln nicht. Ein Glas, ein Mensch, wo ist der Unterschied?« Er ließ die dunkle Flüssigkeit in sich kreisen, die dadurch dem Rand bedenklich nahe kam.

Meine Gedanken kreisten ebenfalls. Zum einen um seine Worte, zum einen um den Tod und meine Verbindung zu ihm, meinen Dienst als Werkzeug und all das andere, das die Dunkelheit mit mir und dem Rest der Welt verband. Ich beugte mich langsam vor und ließ ein paar Tränen in ihn hineinfallen, sie sich unauffällig mit der dunklen Flüssigkeit mischten. Sie, er, es und ich, wir hatten nichts gemeinsam und doch saßen wir in diesem Raum und bewegten nur uns selbst. Für ein paar Sekunden balancierte ich das Glas auf meinem Handteller und sah ihm bei seiner wachsenden Unruhe zu. »Ja«, sagte ich schließlich, »es ist nicht nur anstrengend, es ist verstörend, so zerbrechlich zu sein.«

Die Flocken fallen leise

Wieder fallen sie: Entscheidungen und Köpfe schweben leise wie Schneeflocken zu Boden. Du siehst ihnen zu und Blut tropft aus deinem Unterarm auf das Papier, weil du wieder versuchst, Gefühle festzuhalten. Doch das Einzige, das bleibt, ist die Gewissheit, dass nichts bleibt. Die Ideale hast du mit den Briefmarkenalben fortgeworfen, heute wären sie einiges wert und du hättest weitaus mehr zu erzählen, als die unzähligen, sich gleichenden Geschichten von Rausch und Sex, Einsamkeit und der Vergeudung von Möglichkeiten. Du stehst am Abgrund und siehst nach oben, weil es schon immer leichter war, die Richtung zu wechseln. Du stehst am Abgrund und bist dir sicher, dass alles nur besser werden kann und bezeichnest dich dabei als Optimisten.

Jahrzehnte sind vergangen seit dem Tag, an dem du dachtest, dass du das Leben durchschaut hättest. Ein wacher Moment, in dem alles klar und deutlich vor dir war – an diesen Moment erinnerst du dich plötzlich und fragst dich, wie du das alles vergessen konntest. Der Seegang, die Wellen, sie haben alles von Deck gespült und du treibst als Schiff ziellos umher und verwirfst heute alles, was du getan hast, weil du erkennst, dass es dich nirgendwo hingeführt hat, sondern dich hat alt werden lassen. Natürlich bist du älter geworden, die Zeit hat im Gegensatz zu deinem Kopf keine Aussetzer, aber beim Blick in den Spiegel stelltest du entsetzt fest, dass du alt aussiehst. So wie die, die alles verbrannt haben und deren Haut wie Asche das Licht aufsaugt.

Leise wie die Schneeflocken fallen Köpfe vom Himmel, die du aus den Erinnerungen pulst und aus dir herauswirfst, die Entscheidungen schmeißt du hinterher und hoffst, dass sie noch irgendwo landen, wo der Boden fruchtbar ist. Immer wieder senkst du den Blick in die Schlucht direkt vor dir, die gähnende Leere macht dich nicht müde, sondern macht dir Angst. Du hattest das alles missverstanden, du hattest dir das anders vorgestellt. Carpe diem, nutze den Tag. Du hast es getan, hast gelebt, hast Drogen genossen, hast in Haut gebadet, hast alles getan, von dem du glaubtest, dass du es tun solltest und dabei ein paar Dinge vergessen. Und jetzt fällt der Schnee, der gar nicht mehr weiß ist, jetzt fallen Vorhänge und es fällt dir alles wieder ein. Es sei nie zu spät, heißt es, aber du bist dir sicher, dass der Zug nicht wartet.

Ein großer Irrtum und du siehst den Schneeflocken zu, du trudelst mit ihnen zu Boden. So laut hast du über all die gelacht, die anders lebten. So spöttisch hast du den Hals deiner Bierflasche auf die gerichtet und sie gerichtet, doch heute weißt du es besser. Es ist gut, eine Erkenntnis zu haben, es ist gut, sich einer Sache bewusst zu sein, denkst du dir und siehst nach oben, wo es einen Ort geben muss, an dem die Flocken geboren werden. Du bist an dem Punkt, an dem es eine Wende geben muss. Und du nickst langsam, ganz sacht, damit es niemand bemerkt, wenngleich doch kein Mensch in deiner Nähe ist, weil du niemanden an dich herangelassen hast. Ein Wendepunkt, flüsterst du.

Doch es gibt immer einen Ausweg, es gibt immer eine Tür, die du öffnen kannst. Und du erinnerst dich daran,

Brücken zu schlagen. Plötzlich lächelst du, denn vielleicht war das alles gar nicht schlecht, vielleicht sind all die Fragen, die du dir jetzt stellst, vollkommen sinnlos und die Antworten so lächerlich, dass sie in Alkohol ertränkt und konserviert werden müssen. Du baust dir eine Brücke über den Abgrund, weil es ja doch immer weiter geht und das der einfach Weg ist. Die morschen Planken sollten halten, sie werden dich vermutlich tragen. Und während der Schnee weiter fällt, gehst du unaufhaltsam weiter deinen Weg, von dem du nicht überzeugt bist, aber du nutzt eben den Tag auf deine Weise und blickst nicht zurück. Stattdessen fällst du leise wie die Flocken, nicht mehr weiß, aber zu Boden.

Immer etwas Neues

Ich hole mir noch ein Malzbier. Und noch eines. Und dann noch eines. Bis keines mehr da ist. So ist das immer mit allem. Morgen werde ich kein Malzbier mehr trinken, weil ich keine Lust mehr darauf habe. Und, weil keines mehr da ist. So ist es immer. Ein maßloses Verhalten, das zu einem steten Wechsel fühlt. Es muss immer etwas Neues geben, immer ein etwas Anderes, etwas Besonderes, damit meine Tage bunter werden. Irgendetwas, das sich aus dem Grau erhebt und für Farbe sorgt – und selbst Schwarz hat dann seine Berechtigung. Essen ist fatal für den Körper, Technik fatal für das Konto, Liebe gibt es nicht an jeder Ecke. Ich lege meinen Kopf in Watte und hoffe, dass ein Meteor darauf fällt. Ich lege mein Herz in Pergament und hoffe, dass eine Axt es trifft. Ich lege mich in die Welt und hoffe, dass mich niemand findet. Meistens funktioniert das. Und meistens nicht. Die Dunkelheit kommt immer wieder, das Grau malt jeden Tag und ich liege mitten in der Welt. Nicht, dass ich mich beklagen will, es ist nur ein Zustand, der schwer zu ertragen ist. An den meisten Tagen. Wenn es schlimmer wird, merke ich es momentan gar nicht, aber ich stehe morgens tapfer auf und zwinge mich abends, wieder ins Bett zu gehen. Dazwischen liegt immer ein Tag, den ich kaum kenne. Er begegnet mir wie ein Partygast und deswegen ebenso schnell wieder verschwunden und außer seinem Namen, und dass er gern Bier trinkt, weiß ich nur von ihm, dass er mit mir nichts anfangen kann. Heute ist es der Dienstag und ich lächle. Ich bin höflich und begrüße ihn, als ich vor die

Tür trete und auch sie. Dann tue ich, was getan werden muss, beobachte mit einer Mischung aus Neid und Bewunderung diejenigen, die Sonne in ihren Gedanken tragen und bereit sind, oberflächlich zu sein. Ein Witz beim Bäcker, den ich schon kenne, vertreibt mir das letzte Lächeln, das ich kunstvoll in die Wangen geritzt hatte. Meine Tristesse ist so maßlos wie mein Wunsch nach Malzbier, Brezeln, Tropenlakritz, Meeresfrüchten, Technik oder Müsli. Nur endet die Tristesse nicht, sie bleibt, sie erneuert sich selbst und kommt in seltsamen Verkleidungen zurück. Maßlos wie ich, zersetzt sie mich in kleine Teile.

Und dann sind da immer wieder diese Aussetzer. Und dann da Aussetzer. Immer. Wieder. Es fehlt. Etwas. Immer.

Ich hole mir noch ein Malzbier, das letzte soll es sein, das letzte wird es sein. Mehr gibt es nicht. Irgendwann ist ja mal Schluss. Irgendwann ist immer Schluss. Zwischendurch erledige ich noch ein paar andere Dinge und mich selbst, weil ich ein Teppich mit Fransen bin, der überall herumhängt, aber nicht liegenbleiben kann. Am Schreibtisch stelle ich fest, dass ich gar keine Lust habe, irgendetwas zu schreiben. Jetzt betrifft es die Arbeit, sie wird mir zuwider. Ich muss etwas ändern, vielleicht werde ich doch noch Tischler oder Maurer, irgendetwas ganz anderes. Genug Malzbier, genug Kunst, zu viel Dunkelheit und immer von allem zu wenig. Ich starre auf den weißen Bildschirm, auf dem ein feiner Strich blinkt. Sehr freundlich, wie ich sein kann, nicke ich ihm nun zu und bleibe im Takt. Gelernt ist gelernt. Es gehörte zwar nicht zu meiner Erziehung, taktvoll zu sein, aber ich habe das einfach mitgenommen, weil ich ohnehin auf dem Planeten war. Ein Rechner ist zu wenig, ich starte den zweiten und lasse das Musikprogramm starten, ich schalte die Spielkonsole ein und lasse sie laufen, überlege, ob ich statt eines Spieles lieber einen Film sehen will und entscheide mich für »Constantine«, starte den Sequenzer auf den zweiten Rechner und lasse mich überraschen, ob das irgendwie zusammenpasst. Links der große Fernseher, auf dem John Constantine seinen Kampf gegen das Böse führt, rechts der Monitor mit dem Sequenzer, den ich hin und wieder mit neuen Daten füttere und noch schnell einen rudimentären Rhythmus programmiere, direkt vor mir ein weißer Bildschirm mit einer feinen, blinkenden Linie. Maßlos viele Gedanken in meinem Kopf, ich kann sie nicht ordnen, ich kann sie nicht aufschreiben, es sind zu viele. Es ist so, als überfiele mich das feindliche Heer und während ich zitternd im Schützengraben kauere, springen sie alle über mich hinweg. Es müssen Tausende sein. Ich bin gar kein Soldat, ich sitze nur im Schützengraben und will meine Ruhe, sie sollen ihren Krieg an anderen Stellen ausfechten.

Es ist laut in meinem Kopf, das Malzbier ist schon wieder leer und ich weiß, dass es kein neues mehr geben kann. Es muss immer etwas Neues geben. Immer. Etwas.

Der Bildschirm ist noch immer weiß, der feine Strich blinkt, ich nicke hin und wieder im Takt, John Constantine trifft schon zum dritten Mal auf den Teufel und ich weiß, dass er zum Leben verdammt wird. Der Sequenzer gibt einen wunderbaren Teppich für die

Gedanken, die sich immer breiter machen und immer schneller werden. Ich sitze versteinert und hoffe, irgendwo Ruhe zu finden. Wenn im Bett liege, dann habe ich noch mehr Ideen und zwinge mich in den Schlaf, wenn ich wach bin, dann komme ich zur Ruhe, die ich gar nicht will. Die Dunkelheit sitzt hinter mir und sietzt mich noch immer, obwohl wir uns doch schon so lange kennen. Solange sie da ist, wird es immer so sein, wie es ist. Und sie wird immer da sein. Vielleicht brauche ich deswegen etwas Neues. Es muss etwas Neues geben, immer etwas Neues.

Wie ich bin, wenn ich bin

»Wie kannst du nur so sein?«, wimmert sie in meine Richtung, ehe sie das Gesicht in ihre Hände wirft, die in solchen Momenten immer bereit sind. Ich verdrehe die Augen, weil sie es nicht sehen kann und zucke mit den Schultern aus demselben Grund. Ich frage mich auch oft, wie ich denn bin, aber warum ich gerade so bin, wie sie meint, dass ich es sei, kann ich beim besten Willen nicht beantworten. Weder ihr noch mir. Ich atme ein und setze an, eine Antwort zu improvisieren, doch kommt sie mir zuvor. »Du bist ein gedankenloser Mensch«, schluchzt sie durch die Hände.

Ich denke über den Satz nach und denke, dass ich nicht gedankenlos sein kann, wenn ich jetzt darüber nachdenke, ob ich gedankenlos sein könnte. Außerdem denke ich auch sonst wirklich sehr viel nach, ich mache mir viele Gedanken über die Formel 1, über die Fußball-Bundesliga, über mein Segelboot und über den Mann meiner Mutter. Aber so ist das wohl im Zusammenspiel mit Frauen: Sie denkt, dass ich gedankenlos bin, aber ich habe eben meine eigenen Gedanken, sie kauft mir Pullover und Hosen, weil sie denkt, dass ich keinen Geschmack habe, aber ich habe eben einen eigenen Geschmack.

Ich sehe, dass ihre Schminke zwischen den Fingern hindurchläuft. Das ist der Vorteil an den Tränen, denn anschließend sieht sie einfach nur schön aus, ohne irgendwelche Malereien in ihrem Gesicht. Vielleicht, denke ich, vielleicht inszeniere ich diese Dramen auch nur deswegen, damit alles mal sauber wird.

Unwillkürlich muss ich lächeln. Es ist genau der Moment, in dem sie ihre Hände sinken lässt und mich hoffnungsvoll ansieht, um bei meinem Lächeln laut aufzuschluchzen und wieder ihr Gesicht zu verbergen. »Du nimmst mich nicht ernst«, weint sie leise und ich schüttle den Kopf, doch das sieht sie ebenso wenig wie mich, und ich mochte das Lied von Xavier Naidoo.

Ich überlege, einfach den Raum zu verlassen, aber das würde nichts ändern. Zum einen würde ich gern einmal wissen, wie ich denn bin, zum anderen habe ich gar kein Interesse daran, sie allein zu lassen. Ich weiß, dass ich sie jetzt nicht umarmen sollte, sie hält die Hände vor ihrem Gesicht, sie will gar nicht, dass ich ihr zu nahe komme, weil ich ihr zu nahe gekommen bin. So viel ist mir klar, aber den Rest verstehe ich wieder einmal nicht. Ich habe nicht einmal etwas gesagt, ich habe ihr nicht einmal zugehört, als sie etwas erzählte, weil meine Gedanken ganz woanders waren. Wo, das kann ich ihr nicht sagen, weil sie es nicht versteht, deswegen sage ich nichts, deswegen bin ich aber auch nicht hier, wenn ich dort bin. Sie schluchzt etwas lauter, ich weiß nicht was ich sagen will und wünschte, ich wäre gedankenlos, denn dann hätte ich ein paar ruhige Momente in meinem Kopf, während sie weint.

Durch die Hände spricht sie, ich verstehe die ersten Sätze nicht, weil ihre Handballen den größten Teil des Schalls aufhalten. Aber ich kann hören, wie sie sagt: »So will ich nicht weiterleben.« Ich atme aus, so als hielte mich ein Riese in seiner Hand und presste die Luft heraus. Fast klingt es wie ein Schnaufen, was ich gar nicht möchte, aber vielleicht doch so meine, weil ich die Ankündigung eines Freitods immer ermüdend lästig finde. Ich würde ihr gern etwas sagen, etwas, das ich so meine, etwas voller Weisheit, zum Beispiel dass sie etwas ändern muss, wenn sie etwas verändern will. Doch ich weiß auch, worauf das hinausläuft und deswegen schweige ich.

Sie hält den Atem an, nimmt die Hände vom Gesicht und sieht mich an. Ich versuche in meinen Blick Zuversicht zu legen, weil ich glaube, dass er sich dann wie eine Umarmung anfühlen wird. Nur befürchte ich, dass wir unterschiedliche Ansichten haben, was das Interpretieren meiner Blicke anbelangt. Meine Mundwinkel zucken, aber ich verkneife mir das Lächeln, weil wir das Thema schon hatten und aufgewärmte Differenzen haben einen ähnlichen Effekt wie aufgewärmter Spinat: Sie werden zunehmend giftiger. »Und du hast mal wieder nichts zu sagen«, presst sie heraus und sieht mich wütend an. Es könnte auch Verzweiflung sein, aber ich bin mir nicht sicher.

Ich würde gern alles aufschreiben, damit sie weiß, wie ich so bin, damit sie, wenn wir uns das nächste Mal in der Küche gegenüberstehen, einfach lächeln kann und weiß, dass ich sie liebe, auch wenn ich manchmal ganz weit weg bin. Warum ich so bin, weiß dann keiner von uns beiden, aber das spielt auch keine Rolle, es wäre immerhin eine Antwort darauf, was ich so tue, wenn ich so bin, wenn ich bin, wie ich bin.

Tolle Technik

Hätten wir das alles gewusst, dann wären wir uns erspart geblieben. Denke ich mir manchmal. So ganz heimlich, wie viele andere Dinge, die mir so durch den Kopf strömen. Heimlichkeit kennt keine Grenzen. Sparen ist ja wichtig, denke ich mir dann, und an der Menschheit hätte man einiges sparen können. Im Grunde genommen ist der gesamte Ameisenbau der Zivilisation ein Fehler, aber niemand will es zugeben, weil der technologische Fortschritt immens ist. Stimmt, technisch gesehen ist das gar nicht schlecht, was wir auf dem Planeten erreicht haben. Aber ich kannte auch tolle Techniker beim Fußball, das Spiel hatten sie aber dennoch nicht verstanden.

Wenn ich Gott wäre, dann würde ich mir einfach einen neuen Planeten basteln und ein paar Dinge anders machen. Aus Fehlern lernt man bekanntlich und auch Gott greift sicher mal daneben. So etwas passiert, das ist nicht schlimm. Und wenn er mal hier und da ein Auge zudrückt, weil nicht jeder Amoklauf, jede Naturkatastrophe oder jede Bundestagswahl verhindert werden kann, dann ist das auch nur menschlich. Er ist also ein gutes Vorbild, wenn er die Dinge mal etwas schleifen lässt. Hätte ich einen Garten, ließe ich den auch einfach wild wuchern und erfreute mich daran, dass alles so schon gedeiht. Allerdings nähme ich auch irgendwann eine Sense und setzte alles auf Null zurück, wenn das Unkraut zu mächtig wuchert.

Grundhaltung einnehmen und den Harndrang

unterdrücken, Meister der Prokrastination sind am Werk und die Verfolger nehmen dieselben Irrwege. Einmal aufwachen, denke ich mir dann, einmal aufwachen und aussteigen, einen anderen Zug nehmen und das Fahrtziel korrigieren. Doch selbst im wachen Zustand bleibe ich sitzen, weil der Sessel so schön warm ist. Es geht anderen ähnlich, sonst wäre wohl mehr Bewegung im Spiel. Fußball spielen wir heute immer nachmittags im Hinterhof des Spielzimmers mit dem Controller: Technisch versiert, immer am Gewinnen, aber das Spiel aus den Augen verloren.

Ja, hätten wir das alles vorher gewusst, wir wären heute ganz woanders und wir würden weniger reden. Viel weniger reden, vielleicht mehr schreiben, aber bestimmt mehr handeln. Es können nicht alle Menschen krank sein, ein paar Gesunde muss es doch noch geben, ein paar mehr als die, die sich von Stadiondächern abseilen oder Fischkutter besetzen. Wo sind diejenigen, die sich an den Baumarkt ketten und verhindern, dass sich eine Handvoll Menschen auf Kosten Tausender den Alterswohnsitz in der Karibik sichert. Schlimm, was da passiert, ganz schlimm. Und dann stirbt auch noch Dieter Hildebrandt, das ist wirklich schlimm. So viel kann ja kein Mensch trauern! Erst diese namenlosen Afrikaner auf hoher See, aber jetzt auch noch Dieter Hildebrandt, ein Mann des öffentlichen Lebens, also ein richtiger Mensch! Und, verdammt, ich kenne nicht einmal seine Mutter, die muss doch auch froh sein, dass er jetzt im Himmel ist.

Zähne putzen, Mund abwischen, Kopf schütteln und wieder nach Hause gehen. Die letzten Tage der Affäre genießen, dann ziehen wir wieder weiter, dann suchen wir uns eine neue Liebe. Du und ich, die wir doch alles begriffen haben und über den Dingen stehen. Wir, die wir nicht sind wie all die anderen, denn wir sind ja nicht sterblich, wir arbeiten für die Ewigkeit. Und das schon immer und auch gern, wir haben die Geschichte im Blick und die Tragik im Herzen, wir wissen das alles und erschießen und für all die Gedanken, die wir in uns tragen müssen, weil niemand anderes noch Schultern hat, die breit genug sind.

Schlimm, denke ich, das ist alles sehr schlimm. So wie ich manchmal gar nichts denke, damit der Mann in meinem Kopf einfach mal die Klappe hält. Er muss ein Bankangestellter sein, denn er lächelt und verkündet dabei schlechte Nachrichten, die mich gar nicht interessieren. Und er kennt sich mit dem Sparen aus, er weiß genau, wie die Zinsrechnungen funktionieren und wie das alles enden wird. Vielleicht ist er ein guter Mensch, aber er sitzt einfach nur in meinem Kopf und erklärt, was ich mir alles hätte sparen können. Und dann, ja, dann wäre ich heute ein reicher Mann wie alle anderen auch. Aber mit dem Sparen ist das ja so eine Sache: Wir leben für den Moment und so, als sei jeder Tag der letzte, wir sparen nur für die Rente, nicht für das Leben oder die Ewigkeit. Technisch gesehen vielleicht eine kluge Entscheidung, das Spiel läuft aber ganz anders.

Exil

»Na, auch hier?«, fragt sie mich und ich zucke mit den Schultern. Zum einen, weil dieser Spruch einfach zu blöd ist, als dass sie ihn benutzen dürfte, zum anderen, weil ich mal wieder gar nicht genau weiß, wo ich eigentlich bin. Vielleicht ist das auch nicht wichtig, vielleicht gibt es andere Dinge, die mehr im Vordergrund stehen. Sollten wir nicht immer ganz woanders sein? Frage ich mich, aber ich frage mich ohnehin zu viel, ohne Antworten parat zu haben. Doch wer weiß schon, ob es eine Antwort gibt, wenn er die Frage stellt. Sie steht mittlerweile direkt vor mir und lächelt und singt und klingt schön dabei.

»You will pray for me
Bow your head to me.« *

Als ob das so einfach wäre. Ich würde sie gern »blöder Wichser« nennen, aber der Genus passt nicht. Ich meine es ja auch gar nicht so und sie ist das alles auch nicht. Nichts passt zusammen. Nicht nur jetzt. Niemals. Das gehört dazu, das ist vielleicht nicht unbedingt Karma, aber es ist definitiv unabänderlich. Aus ihren Augen bricht das Schwarz der Pupillen heraus, ich atme es ein und vergesse mich in der Vergangenheit, als ich täglich eine Flasche Wodka trank und Frauen verbrauchte, um mich selbst zu verbrauchen und an andere Orte zu bringen. Meistens gelang es mir, aber irgendwann tauchte sie dann wieder auf. Wieder mit diesem Lächeln, oft mit einem Lied auf den Lippen und immer etwas schöner und verführerischer als zuvor.

»You will kneel for me
Lose your eyes for me.« *

Diesmal ist es anders und doch nicht. Sie wird mich
nicht töten, das weiß ich. Aber was weiß ich schon.
Nichts. Ich betrachte ihre Vollkommenheit, die zwar
immer nur für den Moment gilt, aber dennoch eine
Brillanz hat, der ich mich nicht verschließen kann. Es ist
so, als stünde ich wieder auf der Plattform oben auf dem
Fernsehturm und sie müssen mich festhalten, damit ich
nicht ohne dieses Seil springe. Es gibt kein Seil, wenn
sie vor mir steht und lächelt, es gibt keine Sicherung und
es gibt auch kein Entkommen. Sie ist verlockend und
zerstörerisch, und ich weiß das, weil ich sie viel länger
kenne als irgendeinen Jemand. Dutzende Male bin ich
ihr verfallen, habe mich wieder befreit, um ihr doch
wieder zu erliegen, wenn sie mit diesem Lächeln vor mir
steht. Genau genommen lächelt sie gar nicht, sie grinst.
Und genau genommen grinst sie gar nicht, sie verspottet
mich. Aber wir sehen alle immer nur das, was wir sehen
wollen. Ich sehe in ihr die Schönheit, die mich zerstört
und wiederbelebt, andere bezeichnen sie als Krankheit.
Aber wenn sie wie jetzt die Lippen öffnet und die
Dunkelheit aus ihrem Mund leckt, dann kann ich die
Augen nicht abwenden - andere können sie nicht einmal
sehen.

»Sacrifice for me
Be humility.« *

Ich verweigere meinen Tränen den Passierschein und
übe mich in Gleichgültigkeit. Übung mache den Meister,
heißt es, aber die Gleichgültigkeit scheint davon nicht

80

betroffen. Ich schon. Deswegen nicke ich ihr zu und sage leise: »Du weißt doch, dass ich immer hier bin.« Ihre Lippen formen einen Schmollmund, die Mundwinkel steigen millimeterweise aufwärts und die Augen verengen sich wie die Jalousien, die ich gern rauf- und runterziehe, um nur einen kleinen Spalt für das Licht zu lassen. Schließlich antwortet sie: »Ja, es ist fast zu einfach mit dir«, sagt sie dann mit dieser Komm-ins-Bett-Stimme und sieht mich lasziv an. Jetzt bin ich an der Reihe zu lächeln, vielleicht ist sogar ein wenig Spott in meinem Gesicht zu sehen. Wenn es so wäre, dann erkennte sie ihn als erste. »Dort läuft doch ohnehin nichts anderes, als ein Film, den ich schon kenne. Und dann stehe ich irgendwann auf und du bleibst liegen, bittest mich, noch zu bleiben. Ich lasse dich zurück und irgendwann holst du mich wieder ein. So ist es doch immer.« Sie nickt fast unmerklich und summt das Lied vor sich hin, von dem sie immer wieder ein paar Zeilen in die Gegenwart presst. »Ja«, sagt sie ruhig, »so ist das nun mal. Und wenn du ehrlich bist, dann weißt du nur dann, wo du bist, wenn du bei mir bist.« Ich schüttle den Kopf, weil ich es nicht wahrhaben will, aber ich dennoch weiß, dass sie recht hat. Sie hat immer recht, aber ich bin am Leben, und solange ich das fühle, wäre ich gern woanders, auch wenn ich nicht weiß, wo das sein wird.

Sie streicht die Haare zurück, zwinkert mir noch einmal zu und dreht sich fast in Zeitlupe um, setzt langsam einen Fuß vor den anderen und gewährt der Finsternis ihren Raum. Mit dem Rücken zu mir winkt sie noch einmal, wedelt mit zwei Fingern durch die Luft und verschwindet in der Dunkelheit. Das Letzte, das ich von ihr höre, ist der leise Singsang einer Zeile aus dem Lied.

»I'll make everyone pay.« *

* Gary Numan – Exile

Willkommen im Heim

Meine Kindheit liegt über 40 Jahre zurück. Sie verlief seltsam, ich wurde von einem Heim ins andere geschoben, musste mich von Autoritätspersonen verprügeln lassen und habe kleine Tiere gequält. Zum Serienkiller hat es bei mir nicht gereicht, manchmal bin ich aber etwas aufbrausend. So kassierte ich beim Fußball im Dialog mit dem Schiedsrichter für »Bist du behindert?« eine rote Karte und wurde für 6 Wochen vom Spielbetrieb ausgeschlossen. Dabei war das nur eine simple Frage und er hätte einfach nur »Nein«, sagen müssen und alles wäre erledigt gewesen.

Dabei dachte ich lange Zeit, dass alle Behinderte Lügner seien, weil mir ein Heimleiter einbläute, dass »Lügen kurze Beine hätten«. Wenn jemand also gar keine Beine hatte, konnte es mit dem Wahrheitsgehalt nicht weit her sein.

Und jener Schiedsrichters hatte verdammt kurze Beine.

Mich hat aber niemand nach einer Erklärung gefragt, das geht heute vielen Flüchtlingen ebenso. Mein Adoptivvater kannte die alle persönlich, weil er auf seinen Reisen viel herum gekommen war. Der kannte alles, nur nicht sich selbst. Deshalb war es für ihn auch leicht, sich zu vergessen. Ich muss aber im Nachhinein gestehen, dass ich die Schmerzen durch seine Schläge oder andere Züchtigungen oft nur vorgetäuscht habe. So wie später meine Orgasmen. Vier meiner Ehen blieben meistens kinderlos.

Mein Adoptivvater war übrigens Seemann, sogar Kapitän. Deswegen durfte ich Zuhause auf dem Parkettboden nicht mit Murmeln spielen, weil er dann immer glaubte, die Ladung sei nicht festgezurrt und das Schiff würde kentern.

Das Schiff!

In einer Wohnung!

Und man durfte auf keinen Fall eine Zigarette mit einer Kerze anzünden, weil dann ein Seemann sterben würde. Ich bin später aus Trotz immer in die Kirche gegangenen und habe mir eine Zigarette an fünf Kerzen angezündet. Irgendwann hat es dann auch geklappt, was im Nachhinein ganz gut war, weil ich kurz davor war, Seemänner mit Kerzen anzuzünden. Vermutlich wäre das das Ende der Zigarettenindustrie gewesen. Interessanterweise starb mein Adoptivvater an Lungenkrebs.

Im Keller meiner Mutter habe ich kürzlich ein riesiges Arsenal von Kerzen gefunden.

Im Keller des Nachbarn fand ich Post aus dem zweiten Weltkrieg und ein alter Kofferradio, in diesem neuen Haus im Birkenweg gab es einen Waffenschrank, den ich mit einer Büroklammer knacken konnte – von der Hintertür ganz zu schweigen. Eigentlich wollte ich dem Besitzer einen Streich spielen und die Läufe alle zukleben, aber dann kam wieder in ein anderes Heim und musste mich neu integrieren. Mit dem dortigen Heimleiter war ich dann direkt auf einer Wellenlänge: Er schlug mich und erklärte mir, dass er das nicht dürfe, es in meinem Fall aber für gerechtfertigt hielte. In einer Vollmondnacht verschmierte ich daraufhin meinen Kot überall an den Wänden im Gruppenschlafzimmer. Ich erklärte ihm, dass ich wisse, dass ich das nicht dürfe, es in seinem Fall aber für gerechtfertigt hielte. Und. Ich würde es nie wieder tun, wenn er es selbst wegwischen würde.

Ich beaufsichtigte seine Arbeit, ehe man mich kurz darauf in ein anderes Heim brachte.

Irgendwie habe ich dann doch die Kurve gekriegt und etwas Seriöses gemacht, etwas, das alle Männer cool finden: Ich schlief mit ganz vielen Frauen. Wenn ich mit allen geschlafen hätte, mit denen ich es gewollt hätte, wären es natürlich viel weniger gewesen. Schuld daran waren die Drogen. Die Zigaretten waren schon lange langweilig, dafür hatte ich jetzt LSD. Die Welt war bunt und brillant und glitzernd und die Gardinenstange war im Fluss im Allem und es gab keinen Kot und keine Schläge, nur Liebe und dann doch noch ein paar Monster und ein paar seltsame Stimmen und manchmal wachte ich auf und hoffte, dass das alles nur ein Traum war.

Bis heute weiß ich nicht, ob ich die junge Frau umgebracht habe. Vermutlich aber nicht, weil sie am nächsten Morgen wutentbrannt meine Wohnung verließ. Vielleicht auch deswegen, weil wir entgegen meines Rufes nicht miteinander geschlafen hatten. Im Nachhinein wäre es vielleicht doch besser gewesen, wenn ich sie umgebracht hätte. Eine Straftat mehr oder weniger, wen interessiert das schon? Im Grunde genommen niemand, es sei denn, man betreibt im Internet ein Informationsportal und präsentiert dort so Dinge wie Wikileaks oder netzpolitik, dann wird es kriminell.

Natürlich mache ich nicht meine Kindheit und meine Erziehung für meinen Lebenslauf verantwortlich. Dann hätte ja jeder von und zu Guttenberg eine Ausrede für all den Mist, den er verzapft. Aber ich bin nach all dem, was ich erlebt habe, davon überzeugt, dass sich jede Gesellschaft seine Serienkiller selbst züchtet, so wie sich jede Regierung selbst stürzt. Und natürlich liegt es an jedem selbst, sich zu ändern, sich ändern zu lassen und sich eingliedern zu wollen. Aber das setzt auch voraus, dass auf der anderen Seite Menschen stehen, die ihre Arme ausbreiten und sagen: Willkommen, egal aus welchem Heim oder welchem Land du kommst.

Des Gamers Weitsicht

Ich bin kein Gamer im normalen Sinn, ich bin eher die Ursuppe oder etwas, das schon immer da war. Ich bin fast 50 Jahre alt, ich bin mit Pong groß geworden, mit dem, was damals noch Telespiele hieß: Zwei Striche, am rechten und am linken Bildschirmrand, die ein kleines Quadrat hin- und her-, äh, pongten.
Und das ging ab!
Da konnte man mit seinem Strich rauf und runter fahren. In Echtzeit!
Nichts mit rundenbasiertem Gameplay oder Camping a la Halo oder Call of Duty.

Es gab auch keine KI, es gab nur offline Multiplayer, da der Aufbau einer Internetverbindung damals 15 Jahre dauerte. Und ich habe die vollen 15 Jahre auf das Internet gewartet, weil ich wusste, dass es kommen würde.
Das zeichnet einen wahren Gamer aus: Weitsicht.

Ich war ein Gamer, ich bin ein Gamer, ich werde es immer bleiben. Ich war nie Mainstream, sondern die Speerspitze. Ein Pionier des Zockens! Rund um die Uhr. Ein echter Gamer schläft nicht, er hat einen Pause-Modus.

Aber wehe mir kommt heute emand mit diesem Retro-Kram, der Pixel-Grafik auf 640*480! Retro ist was für Menschen, die den Krieg nicht erlebt haben. Ich bin ein Trümmer-Gamer, ich habe den Aufbau der Spielewelt erlebt, da will jetzt nicht dahin zurück. Meine Augen sind ohnehin schon so schlecht, dass jedes Quadrat wie ein Kreis aussieht. Da brauche ich nicht noch zusätzliche Verwirrung.

Ich bin richtiger Gamer, ein A-Gamer. Nicht so ein B- oder C-Gamer, solche, die Counter Strike, Dota oder Star Craft spielen, das sind alles Trittbrettfahrer, Mainstreamzocker, solche Leute mögen auch andere Menschen. Ein richtiger Gamer kennt keine anderen Menschen. Ein richtiger Gamer antwortet auf die Frage, was er gerade spiele, mit dem Satz: »Das hat noch keinen Namen. Hat ein Freund von mir gemacht, ein Koreaner, den ich über den IRC kenne.«
Auf die Zwischenfrage: »Was ist denn das Genre?« folgt umgehend: »Kann man schlecht sagen. So eine Mischung aus Killzone und FIFA.«

Für mich sind auch alle B- oder C-Gamer, die sich nach dem Soundtrack von einem Spiel erkundigen. Soundtrack und Spiel das verhält sich wie Porno und Ehe. Bei einem Rennspiel läuft Musik während des Rennens? Was soll das? Hat der Vettel in seinem Boliden einen Subwoofer und fährt dann mit wummernden Bässen an der Haupttribüne vorbei?
Und nickt er mit dem Kopf?
Soll ich dazu tanzen?

Bei Ghost Recon Advanced Warfighter konnte man während des Spiels sogar Musikvideos freischalten. Warum? Ist das aus der Realität entnommen? Haben die Amerikaner ihre Soldaten motiviert mit: »Schießen Sie 20 Taliban ab und Sie bekommen die neue CD von Beyonce!«
Liegt dem Sequel von Mirrors Edge auch eine Version

von Helene Fischers »Atemlos« bei?

Alles Kinderkram, was da heute als Games verkauft
wird. Auch was das Thema Schwierigkeitsgrad
anbelangt. Dark Souls oder Bloodborne, das sind Titel
für normale Menschen. Ein echter Gamer findet das alles
zu leicht, er spielt das nur mit verbundenen Augen.
Ohne Hände.
In der Vergangenheit.
Mit Pong-Controller im Mund.
Und Formel-1-Rennen werden rückwärts fahrend
gewonnen.
Und Pro Evolution Soccer ergibt nur Sinn mit dem
Granaten-Mod. Dieses neue Rainbow Six ist auch eher
ein Viva Pinata für Soldatenkuschler.

Ach ja, die Killerspiele-Debatte. Also ob ich besser im
Töten wäre, wenn ich Hitman, Battlefield oder Arma
zocke. Ich bin ja auch kein Fußballer geworden, weil ich
Pro Evo Soccer beherrsche. Da werde ich eher zum
Mörder, wenn ich bei Mario Kart kurz vor Schluss noch
rausfliege. Oder wenn bei meinem Gamepad die Akkus
leer sind. Oder wenn mir jemand erzählt, er würde sich
auf youtube Unge-Videos angucken. Unge! Wenn
jemand Zeit für sein Longboard hat, dann ist das der
Inbegriff eines Trittbrettfahrers! Oder dner, der Nazi, der
Werbung für die AfD macht und Minecraft spielt.
Minecraft. Da steckt das Wort »Mainstream« doch schon
drin. DA werde ich zum Killer. Und es träfe keine
Falschen.

Aber. Ich komme vom Thema ab.
Was ich eigentlich sagen wollte: Ich bin ein Urgamer, ich

bin der Dinosaurier unter den Zockern. Ich werde beim Online-Play von 12-Jährigen als Noob beschimpft. So muss es dem Tyrannosaurus ergangen sein, als er im Multiplayer-Modus zu langsam wurde, weil die anderen kleiner und flinker waren. Ich bin nur ein Strich auf der einen Seite des Lebens, der sich rauf und runter bewegen kann. Rauf und wieder runter. Rauf und wieder runter. Rauf und runter. So habe ich meinen Sohn gezeugt, der mich mit seinen drei Jahren jetzt schon bei jedem Spiel schlägt. Eine echte Herausforderung, ein Spiel, das niemals endet. Ich habe ihm die richtige Gene eingepflanzt.

Das ist die Weitsicht eines wahren Gamers.

Mach mal Urlaub

Ich sehne mich nicht nach weißen Stränden, unglaublich farbenfrohen Sonnenuntergängen, anderen Kulturen und Sprachen, anderen Mentalitäten, fremden Sitten oder exotischen Gerüchen. Ich habe das alles vor der Haustür, deswegen muss ich auch nicht ins Flugzeug oder in den Zug oder ins Auto oder auf das Fahrrad. Ich darf das nur nicht zugeben, denn dann kommt immer einer von den Überzeugungsurlaubern. Die, die alles schon gesehen haben.

»Wie, du fährst nicht in Urlaub? Gar nicht? Die Welt ist so schön, das muss man alles mal gesehen haben. Es ist ja überall anders. Und erst die Australier, ja, die Australier. Das war ja mal eine Gefängnis-Insel, aber irgendwie ist dann doch noch was draus geworden. Die haben sogar noch ein paar von den Aborigines. Ganz geheimnisvolle Typen. Gesehen habe ich die nicht, aber die kennt man ja von Fotos. Das Bier ist da auch lecker. Aber wenn man schon mal da ist, dann sollte man auch gleich mal nach Neuseeland. Auch schön da. Und die Neuseeländer sind alle sehr nett. So wie die Thailänder. Rinnen. Und in Indien ist ja wieder alles anders. Die haben da fast alle so einen roten Punkt auf der Stirn. Nicht hingucken, das muss so sein. Aber wenn man es vorher weiß, dann ist es ja gut. Da ist alles anders. Kühe sind heilig! Auch das Geld. Und die haben da ja nichts. Gar nichts. Das muss man doch ja alles mal gesehen haben. Also nicht das Nichts, sondern was da so ist. Sehr bunt, diese Inder. Also nicht die Hautfarbe, aber die Kleidung.

Und das willst du alles nicht sehen?

Aber Europa ist auch schön. Ich sag ja immer: Bevor man wegfährt, erst mal die Heimat bereisen. Island zum Beispiel. Keine Ahnung warum, aber Island soll sehr schön sein. Klein, aber fein. Also schon so ein wenig wie Thailand, nur eben sehr karg und voller Geysire. Die reichen sich da quasi die Klinke in die Hand. Die Thailänder und die Geysire.

Oder England, so mit der Queen und den Hooligans. Oder Skandinavien überhaupt.

Man versteht ja kein Wort, Deutsch kann da kaum einer. Aber trotzdem ist es da schön. Nur die Mücken, überall diese Mücken. Im Sommer schön warm, im Winter ist es kalt und dann liegt da auch Schnee. Kein Wunder, dass die im Fußball nicht so gut sind. Ja, sie haben diesen Ibramhimovic, vom Namen her ein typischer Schwede. Der ist zwar nicht blond, aber er hat trotzdem so dieses Schwedische. Die sind da alle so. Also in Schweden. In Norwegen war ich ja noch nicht, aber das liegt ja nebenan. Das ist so wie Hitler und Mussolini.

Ich habe auch viele Freunde da. Also jetzt nicht bei Mussolini, sondern in Bremen. Oder in Kiel. Also eigentlich überall, wo ich schon mal war. Und die Franzosen, ja, die Franzosen sind ja auch viel gemütlicher. Noch gemütlicher als ein Pinneberger Autofahrer. Mit Hut. Und Hamburger Kennzeichen. Wobei.

In den USA haben sie ja ganz andere Kennzeichen. Und Autos. Größer und mehr McDonalds. Die Amerikaner sind ja auch allesamt etwas fett und unansehnlich. Oder sehr hübsch, so wie Sandra Bullock. Wobei die ja aus

Deutschland kommt. So wie Bruce Willis. Und Til Schweiger. Aber der ist wiederum kein richtiger Schauspieler. In Deutschland ist immer alles so durchschnittlich, in Amerika gibt es die Extreme. Entweder Grand Canyon oder New York. Entweder Obama oder Osama. Entweder Lance Amstrong oder Atomwaffen, entweder Immigrant UND Indianer-Mörder oder gleich Amok-Läufer.

Das muss man sich natürlich mal ansehen, damit man sich selbst ein Bild machen kann.

In Italien haben sie ja viel gemalt. In Spanien auch, aber das waren da ja nur Verrückte. Gegen einen Michelangelo oder Van Gogh können die Spanier mit ihrer Paella nicht anstinken. Guckt man sich mal die Kirchen in Italien an, gibt es da keine spanischen Wandmalereien: Picasso und Dali haben sich da einfach nicht durchgesetzt. Italien ist ein Land mit Kultur, die Spanier sind eher Fußballer und Stierkämpfer. Die Italiener auch, aber deswegen fährt da keiner hin. Der Ibrahimovic war übrigens sowohl als auch. Also beides, der weiß ja was gut ist, der macht das ja auch nicht zum Spaß, sondern für Geld. Und Unsereiner muss immer noch bezahlen. Naja, egal. Nach Italien habe ich es aber noch nicht geschafft, kann ich dir aber sehr empfehlen. Sehr empfehlen.

Einiges weiß man ja auch vom Hörensagen, aber so Klassiker, die sollte man sich nicht entgehen lassen. Brasilien zum Beispiel. Armes Land, ganz armes Land, aber schön. Und wenn man Krombacher trinkt, kann man auch mal gucken, was die da für den Regenwald tun. Und deswegen ist das ja auch wichtig, dass man das

mal gesehen hat. Und die sind ja auf unser Geld auch angewiesen. Und die Frauen, also die Brasilianerinnen. Die Frauen! Alle bildschön! Und fleißig! Und willig. Ich war ja schon ein paar Mal da. Wegen des Karnevals. Da ist wenigstens was los, das ist echter Ausnahmezustand. Da geht es drunter und drüber, da wird gezecht und gefeiert und getanzt. Und jedes Mal sind hinterher rund 150 Menschen tot. Tragisch, aber das ist eben deren Mentalität. Feiern, bis der Arzt kommt.
Und das willst du dir alles entgehen lassen? Du musst doch mal raus kommen!«

Das sagen sie mir dann immer. Und ich schweige, weil ich es in all den Jahren nicht geschafft habe, mal aus mir rauszukommen.

Das Interview

Dieser Text ist etwas mehr als zehn Jahre alt, hat aber mit kleinen Abstrichen nichts von seiner Aktualität eingebüßt. Und da er bereits in einem Bühnenprogramm enthalten war, gehört auch hier hinein, bevor er verloren geht.

Fast 37 Jahre, dass er auf die 40 zugeht hört er nicht gern, benimmt sich Armin Sengbusch in vielen Momenten immer noch wie ein kleines Kind. Und trotz des fast offen gelegten Seelenlebens, trotz der vielen Gedanken, die in seinem Internet-Tagebuch zu lesen sind, bleiben viele Fragen offen: Armin Sengbusch war zum Gespräch bereit und stand unserem Redakteur Viktor Richard in einem persönlichen Interview Rede und Antwort.

VR: Herr Sengbusch, Sie sind nun...

AS: Können wir das „Du" nutzen, ich finde es furchtbar, wenn ich gesiezt werde.

VR: Klar, gern. Armin, du hast im Internet eine gewaltige Seite erschaffen: Wie kam es dazu?

AS: Es war nicht meine Idee, sondern die eines Freundes, der in die USA auswanderte. Der Liebe wegen. Egal. Er meinte, dass meine Texte an die Öffentlichkeit sollten. Er war firm im Webdesign und hat mir dann eine Internetseite gemacht.

VR: Und dann?

AS: Wie „und dann?"

VR: Ich meine: Wie ging es dann weiter? Haben Sie dann alle Texte dort untergebracht.

AS: Du.

VR: Wie? Ach so, ja: Hast du...

AS: Ja und nein, denn ich hatte damals vom Internet fast gar keine Ahnung, die Pflege, die Programmierung hat mein Freund Dirk übernommen. Ich habe mich sehr schwer getan, das ganze Skript nach so vielen Jahren umzustellen, weil es in meinen Augen auch eine Missachtung seiner Leistung ist. Aber das Einstellen von Texten ist nun um einiges einfacher.

VR: Das bedeutet, dass die Seite, so wie sie jetzt ist, von dir programmiert wurde?

AS: Nein-nein, das wäre gelogen. Es ist ein freies Skript, das ich verändert habe und nach meinen Vorstellungen dem angepasst habe, was sich in meinem Kopf befindet. Ich bin noch Lichtjahre von dem entfernt, wie ich mir die Seite vorstelle, aber ich bin auch sehr kritisch.

VR: Wie auch mit Deinen Texten...

AS: Ja, genau, meine Texte. Ich bin Perfektionist, ich will, dass das, was ich schreibe, mir rückhaltlos gefällt. Mir muss es gefallen.

VR: Aber Du veröffentlichst die Texte im Internet...

AS: Wie gesagt: Es war nicht meine Idee und ich habe auch nicht das Gefühl, dass ich veröffentliche. Das Internet ist ein Medium mit Distanz, ich kann schlecht messen, wie viele Menschen sich meine Texte durchlesen.

VR: Und warum dann dieses Tagebuch? Das setzt doch voraus, dass jemand die Seite regelmäßig aufruft.

AS: Oh, das Tagebuch ist eigentlich nur für eine gute, sehr gute Freundin entstanden, die sich ob der räumlichen Distanz beklagte, dass gar nicht mehr wüsste, wie es mir so ginge.

VR: Und so entstand das Tagebuch?

AS: Ja. In der Anfangszeit war es persönlich und auch auf der Seite versteckt, nun ist es öffentlich, was aber ursprünglich auf einem Programmierfehler beruht.

VR: Aber du nimmst dir viel Zeit für die Einträge, teilweise sind sie sehr ausführlich, wenn auch nicht immer sehr konkret.

AS: Oh, ich schreibe in meinem Tagebuch nicht für die breite Masse: Die betreffenden Menschen wissen, dass sie gemeint sind. Außerdem möchte ich niemanden durch die Nennung seines Namens in Schwierigkeiten bringen. Und zu guter Letzt: Mittlerweile schreibe ich diese Einträge nur noch für mich, es ist ein Ersatz für das eigentliche Tagebuch geworden.

VR: Aber das bedeutet doch eine gewaltige Transparenz?

AS: Von mir? Von meinem Seelenleben? Ja, und?

VR: Ich meine, hast Du nicht das Gefühl, dass dich nun jeder kennt?

AS: Nein, ganz sicher nicht. Ich bin mehr als die Sätze

meines Tagebuchs, das ist nur ein Bruchteil. Sicher gibt das, was ich schreibe, einiges über mich preis, aber das tun meine Geschichten auch: Sie geben einiges preis, aber längst nicht alles. Und selbst wenn es alles wäre, selbst wenn viele Menschen nun in mein Herz, in meine Seele sehen könnten – was wäre daran schlimm?

VR: … dass dich jeder durchschaut?

AS: Das ist doch Schwachsinn, ich reagiere doch nicht jeden Tag und in jeder Situation gleich, das variiert. Natürlich, wie bei jedem anderen Menschen auch. Und nur weil jemand weiß, was ich am 8. Februar gedacht oder gefühlt habe, bin ich transparent?

VR: Viele Menschen denken so.

AS: Du sprichst für dich, nicht für andere.

VR: Das kann natürlich sein. Aber wir wollen nicht nur über das Tagebuch sprechen: Wie sieht es mit den Kurzgeschichten aus, angeblich soll ja auch ein Buch in Arbeit sein, wird es eine Veröffentlichung geben?

AS: Nein, ich denke nicht.

VR: Warum nicht?

AS: Ich erwähnte es schon einmal, ich schreibe nicht für die Masse, sondern für mich.

VR: Aber die Internetseite ist doch auch so etwas wie eine Veröffentlichung?

AS: Hört mir denn keiner zu? Weißt du, wenn du lesen könntest und würdest, dann wüsstest du, warum ich nicht veröffentliche – steht in meinem Tagebuch. Oh, und ich hasse es, mich zu wiederholen, aber meine Internetseite sehe ich nicht als Veröffentlichung an. Ich kann diesen Satz auch aufschreiben und bei Bedarf immer hochhalten.

VR: Okay. Keine Veröffentlichung, ich verstehe. Aber warum dann all diese vielen, mitunter wirklich wundervollen Geschichten?

AS: Weil ich Spaß daran habe, weil ich das Schreiben liebe, darum.

VR: Aber warum bezeichnest du dich dann als Schriftsteller?

AS: Bin ich das nicht?

VR: Ich weiß es nicht ...

AS: Gut, wenn es du es weißt, dann kannst Du mir diese Frage ja noch einmal stellen. Ihr Journalisten denkt in seltsamen Kategorien und stellt noch seltsamere Fragen ...

VR: Sind Sie, bist du nicht selbst Journalist?

AS: Nein.

VR: Aber ich dachte, Sie haben eine Internetzeitung...

AS: Ja, und? Wenn ich einen Bäckerladen habe, bin ich dann Bäcker? Ich kenne mich zwar in der Materie aus, in der es in der Zeitung geht, aber ich bin kein Journalist, das muss ich immer wieder feststellen.

VR: … in der Zeitung geht es um Fußball: Passt das zusammen? Ein Schriftsteller und Fußball?

AS: Wieder diese Kategorien, furchtbar. Am Ende passt

nichts zusammen und deshalb passt alles zusammen. Stell dir vor, ich kenne einen Bankangestellten, der kein Auto hat und einen Lehrer, der Lackschuhe trägt – passt das zusammen? Ja, es passt zusammen, weil der Mensch in sich stimmig ist, weil wenn jeder das tut, was er tun will, auch alles richtig ist.

VR: Aha. Ist das eine Rechtfertigung für Ihre Eskapaden?

AS: Für deine...

VR: Wie? Ach so, ja, schon gut ...

AS: Also, welche Eskapaden?

VR: Sexuelle Eskapaden, man sagt ihnen, dir nach, dass du schon mit vielen Frauen zusammen warst.

AS: Und? Muss ich mich dafür rechtfertigen? Ja, ich war mit vielen Frauen zusammen, ja, ich habe hier und da Fehler gemacht, manchmal war der Zeitpunkt falsch, manchmal ich, manchmal die Frau – so wie es halt ist. Was ich meine, wenn ich davon rede, dass jeder das tun soll, was er oder sie will, dann spreche ich von dem Bauchgefühl. Wie oft sagen Menschen, sie hätten es vorher kommen sehen, entschieden sich dann doch für den Weg der Vernunft und wurden eines besseren belehrt. Das passiert oft, zu oft.

VR: Du lenkst ab.

AS: Von den Eskapaden? Warum? Soll ich alles haarklein aufschlüsseln? Mumpitz! Übrigens ist das ein schönes Wort.

VR: Okay. Du lebst allein im Wald, ziemlich ablegen,

aber Du lebst im Hause deiner Eltern: Ist das nicht seltsam, wenn man mit 37 Jahren noch zu Hause wohnt?

AS: Ich wohne nicht zu Hause: Ich lebe in einer Einliegerwohnung zusammen mit meiner Katze, die ich über alles liebe und nebenan wohnt meine Mutter mit ihrem Mann.

VR: Warum diese Unterscheidung?

AS: Welche?

VR: Du sprichst von deiner Mutter und ihrem Mann und nicht von deinem Vater.

AS: Es ist auch nicht mein Vater. Sicher in dem Sinn, dass er versucht, hat mich zu erziehen, aber er hat mich nicht gezeugt.

VR: Das ist interessant: Wer ist denn dein leiblicher Vater?

AS: Gute Frage, das weiß ich auch nicht. Angeblich ein Pakistani, aber ich weiß es nicht. Darauf kommt es auch nicht an, es war eine Mischung aus Erleichterung und Entsetzen, als ich erfuhr, dass der Mann meiner Mutter nicht mein Vater ist.

VR: Warum?

AS: Oh, weil ich mich nie als sein Nachkomme gefühlt habe und ich mich darüber freute, dass es dafür auch keine genetische Verpflichtung gibt. Entsetzt war ich, weil mir ein Teil meiner Wurzeln fehlt, was mitunter auch ein wenig problematisch ist.

VR: Inwiefern problematisch?

AS: Oh, wenn ich andere Familien sehe, die zumindest genetisch intakt sind und wenn ich mir Filme ansehe, in denen Söhne und Väter ein wundervolles Verhältnis haben. Dann denke ich immer: So hätte es auch sein können - mit ihm. Aber können wir das Thema wechseln, mich strengt das an.

VR: Kein Problem, ich habe noch zwei, drei andere Fragen: Warum die Glatze, sind nicht mehr genug Haare da?

AS: Doch, es gibt noch genug, aber wenn ich in den Spiegel sehe, dann fühle ich mich unbehaart wohler, das gefällt mir einfach. Ich habe nach drei Jahren Glatze noch einen Versuch mit Haaren gestartet, um dann aber festzustellen, dass es keinen Sinn macht. Es gefällt mir nicht und es gibt mich auch nicht wider.

VR: Was gibt dich denn wider?

AS: Diese Frage kannst Du wohl jedem stellen und jeder wird sich vergeblich den Kopf zerbrechen. Symbol, Tier, Gegenstand, was auch immer: Nichts trifft zu, dafür ist jeder Mensch zu komplex, dafür hat jeder Mensch in sich zu viele Möglichkeiten und Gedanken.

VR: So wie du es auslebst, indem du schreibst, singst, komponierst und...?

AS: Genau. Und das, was mich von den meisten Menschen unterscheidet, ist, dass ich es auslebe. Dabei ist es gar nicht so schwer.

VR: Aber das Veröffentlichen der Texte ist zu schwer?

AS: Ach. Es wird langsam langweilig: Ich habe

momentan keine Lust zu veröffentlichen, weder mein Buch noch meine Kurzgeschichten oder die Gedichte. Es gäbe genug, keine Frage, aber ich habe keine Lust.

VR: Keine Lust? Warum nicht? Angst vor der Ablehnung?

AS: Weiß ich nicht. Vielleicht. Ich selbst denke nicht, dass es andere Menschen interessiert, dass andere Menschen meine Texte verstehen. Letztlich ist es auch nicht wichtig. Natürlich fände ich es grandios, wenn ich damit Geld verdiente, aber es ist nicht mein Lebensinhalt, mich darum zu kümmern. Ich schreibe gern. Punktum.

VR: Du schreibst viel und gern und zu jeder Zeit: Viele Einträge im Tagebuch sind nachts verfasst worden, du klagst über Schlaflosigkeit und Einsamkeit: War das schon immer so?

AS: Ja, wenn ich allein bin, kann ich nicht abschalten, dann bleibe ich oft die ganze Nacht wach, schlafe gar nicht oder nur zwei, drei Stunden – das reicht mir dann, das war schon immer so. Wenn ich aber Besuch habe, wenn jemand bei mir übernachtet, dann schlafe ich wie Stein. Das tut mir gut, aber ich habe auch das Gefühl, dass ich dadurch etwas verpasse. Aber dieses Gefühl ist immer da, deswegen mache ich auch dauernd mehrere Dinge gleichzeitig.

VR: Und das klappt?

AS: Ziemlich gut, eine Frage der Übung.

VR: Wie sieht das Liebesleben zurzeit bei dir aus?

AS: Hatten wir die Frage nicht schon?

VR: Nein.

AS: Das Liebesleben. Ach, jetzt weiß ich, vorhin ging es um meine Eskapaden. Genau. Mein Liebesleben. Es ist immer zu wenig oder zu viel und ich bin chronischer Solist. Ohne Frauen komme ich nicht aus, das gebe allerdings zu.

VR: Auf mehreren Partys sollst du aber auch mit Männern gesehen worden sein...

AS: Na, hin und wieder unterhalte ich mich auch mal mit einem Mann.

VR: Nein, keine Unterhaltung ...

AS: Doch, für mich ist auch das eine Unterhaltung. Und in meinem persönlichen Horoskop steht, dass ich eine Anziehungskraft auf Menschen beiderlei Geschlechts ausübe ...

VR: Du glaubst an Astrologie?

AS: Nein, ich glaube nicht daran, ich glaube an meine Kraft. Aber Astrologie ist spannend, finde ich. Und es gibt bei den Sternzeichen immer wieder Parallelen. Löwen sind bekanntlich Selbstdarsteller und auch ich gehöre dazu. Aber ich habe mich in dieser Hinsicht reduziert: Ich stelle mich selbst für mich selbst dar und nicht für andere.

VR: Purer Egoismus.

AS: Ja, klar. Warum auch nicht? Die Menschen reden immer verächtlich über den Egoismus, der aber lediglich bedeutet, dass ich an mich denke und darauf achte, dass es mir gut geht.

VR: Aber wenn es doch anderen wehtut?

AS: Bedeutet Egoismus, dass ich anderen wehtue? Das ist mir neu. Es geht doch im Leben darum, dass ich mich wohlfühle, darum muss ich mich kümmern. Und du musst dich darum kümmern, dass es dir gut geht. Das ist ganz normal und in Ordnung, vielleicht tut es anderen auch mal weh, aber das lässt sich nicht immer vermeiden.

VR: Bevor wir zum Ende kommen, noch eine letzte Frage: Immer wieder sprichst du in deinem Tagebuch von oder über deine Katze, was ist das für eine Beziehung?

AS: Schon seltsam, dass diese Frage kommt. Ich denke, dass kann nur jemand fragen, der keine Katze hat oder sich überhaupt nicht mit Tieren auseinandersetzt. Meine Katze und mich verbindet etwas, das jeder spürt, sieht und hört, der sie und mich gemeinsam erlebt. Eine Beziehung, hm, nein. Wir lieben uns und ich spreche da einfach mal für sie.

VR: Liest du ihr auch vor, sprichst du mir ihr?

AS: Natürlich, warum sollte ich das nicht tun? Sie spricht auch mit mir, wie das mit dem Lesen ist, haben wir noch nicht ausprobiert. Darauf kommt es nicht an: Für mich ist sie die Seelenverwandte, die ich vermutlich nirgendwo anders finde.

VR: Eine Absage an die Menschen?

AS: Erfahrungswerte. Das, was die Menschen von mir wollen, kann ich nicht geben und das, was ich gebe, wollen die Menschen nicht permanent. So einfach ist das und deswegen meide ich die Menschen. Und nun bin ich müde, ich denke, ich habe alles gesagt.

VR: Armin, vielen Dank für das Gespräch.

Ebenfalls erschienen:

Geh doch ins Licht

120 Seiten

Lektora Verlag

Der erste Band prall
gefüllt mit allen
Bühnentexten aus den
Jahren 2009 und 2010.

Klappentext:

»Der vielseitige Hamburger Künstler schaffte es mit
seinen lyrisch hochwertigen, kraftvollen und doch
zerbrechlichen Versen, das Publikum in sechs Minuten
wachsen zu lassen.«

»Aha-Poesie in Bildern, die im Herzen nicht aufhören
zu sein.« Beides vom 15. Januar 2010, Kieler
Nachrichten

ISBN-13: 978-3938470480

Ebenfalls erschienen:

Mitten im Licht

100 Seiten

Books on Demand

Das zweite Buch mit
ebenso zerbrechlichen wie
kraftvollen Texten aus den
Jahren 2011 und 2012.

Klappentext:

Der neue Sammelband, voll mit den erfolgreichen und
berührenden Texten des national bekannten Poetry
Slammers »Schriftstehler« aka Armin Sengbusch. Texte,
die sowohl auf den Bühnen überall in Deutschland
begeistern, als auch zur Lektüre geeignet sind.

»Egal ob Armin Sengbusch in wunderbaren Bildern
von der Liebe spricht oder in einem Akt der
Verzweiflung Gott erschießt: Seine Texte treffen mitten
ins Herz, rühren an, verstören zuweilen, gehen unter die
Haut. Aber lassen niemanden kalt.« (Nordkurier,
November 2012)

ISBN-13: 978-3-8482-5859-8